山野的荧光

——西部乡村女校长手记

苏维华 / 著

中国经济出版社
CHINA ECONOMIC PUBLISHING HOUSE
北 京

图书在版编目（CIP）数据

山野的荧光——西部乡村女校长手记/苏维华著．
北京：中国经济出版社，2013.1
ISBN 978-7-5136-1172-5
Ⅰ.①山… Ⅱ.①苏… Ⅲ.①纪实文学—中国—当代 Ⅳ.①I25

中国版本图书馆 CIP 数据核字（2011）第 214828 号

责任编辑　姜　静
责任审读　霍宏涛
责任印制　张江虹
封面设计　华子图文

出版发行　中国经济出版社
印 刷 者　三河市佳星印装有限公司
经 销 者　各地新华书店
开　　本　880mm×1230mm　1/32
印　　张　6.25
字　　数　116 千字
版　　次　2013 年 1 月第 1 版
印　　次　2013 年 1 月第 1 次
印　　数　1-4000 册
书　　号　ISBN 978-7-5136-1172-5/I·53
定　　价　28.00 元

中国经济出版社 **网址** www.economyph.com **社址** 北京市西城区百万庄北街 3 号 **邮编** 100037
本版图书如存在印装质量问题，请与本社发行中心联系调换（联系电话：010-68319116）

自　序

从来没有想过，自己会写一本书。

时间的钟摆均匀地前行，总是那样不紧不慢，好像无视世间发生的一切。蓦然回首，我已经在这个地方生活、工作也有些年头了，竟然就这样没有察觉时光的流逝，度过了半生。这一片贫瘠的土地养育了我和我的父老乡亲，养育了我们这群西北人、黄土高原人。我能够有一份工作，都是祖祖辈辈没有想过的事，何况我是光荣的人民教师呢！想一想，心里总是很踏实、很知足。将近19年了，在家乡四龙，我和众多同伴一起，守着四龙的孩子，守着我们的学校，守着我们平凡的岗位。在中国广阔的农村，和我们一样的人群很多很多，所以自觉太过平常，就和一片叶一棵草没什么区别，哪里还想把卑微的自己和自己所做的细小之事当做写作的题材呢？

然而俗话说得好“由事不由人”，佛家也讲凡事都讲“机缘巧合”。2011年7月，我有幸赴北京参加了及人教育公益机构组织的“中国贫困山区优秀校长国际领导力奖学金项目”培训，这次培训给了我思想上一次深远的启迪。有幸认识了美国龙安集团执行总裁饶及人先生、中国驻布鲁塞尔记者付敬先生、致力于环境和慈善事业的陆宇晖女士和中国经济出版社的姜静编辑。从他们的眼神和言谈中，我第一次感到一名教师、一名农村小学的校长和农村儿童们是多么的被尊重和关注……从北京回来的几个夜晚，我想了很多。每个人来到这个世间，都是偶然的，无法选择父母和出生环境。伟人和明星们确实星光熠熠，但平凡的小人物也有他存在的价值，有谁说萤火虫的光不是光呢？回顾自己的成长经历和从教近 19 年的生涯，突然心中涌起了一种冲动。童年的记忆、父辈的教诲、成长的艰辛，一页页、一幕幕浮现在脑海；简陋的校舍、勤勉的同伴、淳朴的孩子，点点滴滴、酸甜苦辣，往事仿佛就在昨天。

于是一个普通的农村小学教师的成长和从教经历，平凡而真实地跳跃在笔尖、纸上。

是为序。

苏维华

2012 年秋于白银

目录 CONTENTS

中编　村小之路与人生境遇

懂得了自己的渺小，也就无所谓生命的坎坷与沧桑。曾经那么爱写爱画的我，在这段打算真的要写的时间里，却迟迟无法启笔，无法将这个实实在在的微小的自我展开。我方才知道，名人、伟人被世人瞩目的缘故，也才明白普通的、微小的，甚至是落后的、贫穷的人为什么会被社会不屑一顾，甚至被遗忘……

而我，确实是普通人，也愿意做普通人，普通的乡村女教师，普通的西北村小校长，在落笔的瞬间里，我鼓励自己——不要害怕，虽然你没有创造奇迹，但你拥有平凡的真实！当一个陌生而有缘的心灵，用他的手指轻轻翻阅到这一页……他不一定是平凡的，但一定是真实的！

（编者注："村小"为我国农村对"农村小学"的习称。）

上编

贫寒身世与师长教诲

第一章
出生和童年

第一节 侥幸来世

1973年1月3日，一个寒冷的冬日，我这个正宗的 穷人家的农村孩子，却破天荒地出生在了白银市人民医院的产房里，但我的家乡却在离白银市20多公里的四龙乡梁庄村。

那时候是生产队挣工分的年月，母亲想白天去上班，晚上生下我，这样既不耽误挣工分儿分口粮，又可以多干活儿活动身体，顺利分娩。可是老天偏偏就不眷顾那体虚多病、心脏不好、36岁才怀上我的农家妇女——我的母亲。那年的1月2日，母亲一早上就肚子疼，父亲请来了我们村的赤脚医生李大夫。经过李大夫的观察和诊断，母亲要生了。严冬的寒风呼呼地刮着，母亲在小屋的炕上苦苦挣扎，风从窗户的破缝里哗啦啦钻进来，绊着母亲的呻吟，格外的冷、格外的凄凉。父亲赶快拿来火圈，生了一圈煤火，烧上水，等待我的降临。就这样，母亲从上午一直挣扎到傍晚，我也没生出来。李大夫看着可怜、无助的母亲，束手无策。情急之下，他赶到了离我家100米多点的大队部，打通了白银市人民医院的电话。一小时以后，一辆急救车拉上母亲、父亲、李大夫，开往白银市。

医生给母亲注射了催产素，我才借着宫缩的力量来到这个陌生的世间。据说，我的脖子被脐带缠了两圈，小脸都是青紫的，医生拍了几下都不哭，好在有心跳，我被放在了保温箱里，一周后脱离危险。出生时，我只有4斤重，像猫一样大，父亲后来对我比划，说他的鞋里就能装下整个的我。出院时，父亲抱着小小的我，在路边挡了一辆东方红55拖拉机，从白银到四龙23公里的土路，他没敢坐下一分钟。他说，那时的我太弱小了，怕颠坏了，所以他就用棉衣裹着我站在车厢里，不时拿开被子角，看看我是否还一息尚存。

那年，父亲四十岁，期待了多少年，上天送给了他这样一件小礼物，他如获珍宝，即使那时的他也心存遗憾。我是个女孩，在那个年代，重男轻女思想在农村相当严重，再说，挣工分需要男劳力。父亲后来开玩笑对我说："我娃在转世来的路上跑得太快了，把一样东西丢了。"

几个月后，父母商量了一个名字取给我，为了家族的辈分不乱，我姓苏，维字辈，又因为先天不足的我，长的小巧白皙、花眼睛、翘鼻子、小嘴巴，就像一朵小花，所以叫我苏维花，小名花子。后来我读小学四年级时，父亲说我们同乡新建队本家，我堂爹的大女儿和我同名，于是，我就把所有的作业本和课本上的名字里的"花"改为"华"，以示区别。当然，那时的我，的确已经知道维护中华这个词，或许也是一个纯真的孩子萌生的革命功利主义的理想吧。今天我却知道，这个词太大、太高。

在我五岁大的时候，母亲又怀孕了，对全家来说，是个喜事。连我都希望母亲肚子里装的是个小男孩，也就是我的小弟弟，这样，就能让父母实现有儿子的愿望，也有人帮家里干地里活了。可是有一天，母亲下地干活回家后突然流血了，等李大夫来时，为时已晚。母亲说，她发现流的血里有个肉棒一样的东西，李大夫确定孩子已经掉了，给母亲输上液体，抓了好多好多的药。我梦想的弟弟就这样没有了，而且后来母亲再也没有怀上过孩子，弟弟永远成了梦想。弱小孤单的我，每天守在我们家的土院子门口，和小石头子儿、泥巴团为伴，期盼着父母下地干活回来。

我家院子土墙根落下的散土里，藏着一种小动物，麻子粒大小，浑身灰色，整个身体几乎由一个椭圆形的大肚子组成，头小小的，我们叫它“退退窝窝”。这个名字，就是它的行动方式和外形的结合。它是退着走路的，而且在散土里很快地往里退，它退没了，土面上就形成一个一个特别规则的锥形窝窝。春、夏、秋三季，墙根里都能找到这种小家伙。我用小手抓一把有窝窝的土，散开来，十有八九就逮着一个，然后把墙根的土抹得平平的，把它放在上面，它就会用极快的速度退进土里，我对准窝窝往下抓出一把土来，重新可以找到它。让我吃惊的是，它的肚子软软的，却能有很大的力气退进土里，还有，我从没见过它吃东西，却有一个大圆肚子，我甚至怀疑，它的肚子里装的是土。“退退窝窝”这个名字也是村里的大人们叫它的名儿，真的太形象了，它和小蚂蚁、摆头虫都是我儿时的玩伴。它们的生命显得很弱小，但仍然退的退、爬的爬、摆的摆，执著地寻找着自己生存的空间。

第二节　炒面情结

如果遇农忙，生产队农活儿一多，或去较远的农田，父母就会早上出去，晚上回来。他们会把一种“快餐”留给我中午吃，这种食物叫炒面。当然，我们这里家家户户都会做，条件好些的家庭，炒面就特别白，特别细，我们家的当然就没那么白细了。遇上晴天，母亲把麦子淘洗干净，在院子里铺上干净的旧布单，把淘好的麦粒均匀地晾在布单上，不时用木棒划着，让太阳晒得匀一些。等晒到九成干时，再全部收进袋子里。生着土灶的火，等大锅热了，分几份把麦子倒进锅里炒熟，然后装入口袋。父亲用架子车拉上熟麦子，母亲跟在后面推，到不远的村上的电磨房磨成面拉回家就是我们的快餐了。

我们家每年都做。饿了，自己拿个碗，盛上半碗炒面，倒入多半碗温开水，用勺子搅匀，稠稀自己掌握，两分钟就可以填饱肚子。当然，那时候，吃炒面是“家常便饭”了，所以我不怎么喜欢吃。但在那个年月，没有这种食物是绝对不行的，不论老人还是小孩，就是壮年劳力也在下地时带着它，它不仅仅是便餐，而且也经常地被作为“正餐”，是必须吃的。

因为队里土地太少，人们分不到口粮，吃不饱肚子，大概是 1975 年吧，生产队为了多平出土地，展开了一场“大会战”。全村的劳力早上五点出工，晚上八点收工，中午休息时，坐在地头儿，不是干粮就是炒面，就着几口凉开水，谁也没嫌过它干巴、单一的滋味，而是憧憬着大片的土地和庄稼。是啊，有了土地，哪怕是吃炒面，也不愁吃了上顿没下顿。那年，我的午餐要么是母亲半夜三点起来烙的饼子，要么是糁饭（黄米煮熟后里面加上面搅匀），要么就是炒面。我还小，不知道什么是“粒粒皆辛苦”，所以不爱吃就不好好吃。生产队的地平得越来越多，我长得越来越面黄肌瘦，谁见了我都说：“这个娃就像六零年挨下饿，没吃五谷似的。”

奶奶和炒面的缘分最深。奶奶给我的记忆很少，我记事的时候，她就很老了，苍白的头发，消瘦的面孔，好像只有一半颗门牙。她拄着拐杖，一双小脚蹒跚地来往于大门口和上房屋子之间，有时候是去看我跑远了没，有时候是为了走转走转。她几乎没有能力做饭，耳朵聋了，一条腿也瘸了，眼睛也麻了。所以，即便是这样，她的午餐也和我一样，很多时候要吃炒面充饥。我六岁那年，奶奶已经80岁了。那一年，奶奶和炒面留给我的记忆是那样刻骨铭心。

还是那年，和别的小孩儿一样，我去上了村里小学的红幼班①，这在我的生命中也算是件大事。学校叫梁庄小学，坐落在村子的空地里。梁庄村一共有四个生产队，梁庄小学就像一个分界线，北面是一队和二队，南面是三队和四队，学校的中心位置也能说明当年村子的书记和队长对教育的重视。校园不大，坐北向南，大门由两扇子铁栏杆焊接而成。一进校门就能看见土操场上有一只破旧的篮球架、四幢砖木结构的教室，中间是条路，穿过教室中间的小路，后面有一排教师办公室。

---

① 编者注：红幼班，也叫“育红班”，相当于城市的幼儿园。

红幼班就在这些办公室的最中间。打开两扇破旧的木门，只见一张有七八个烂床板并起来的大木板，用废旧砖头和土块支撑起来，四周放了一些又脏又旧的木头小方凳。东面的墙上，挂着一个用墨汁刷黑的凹凸不平的木头黑板，这便是我们的教室了。

我每天都背着一个母亲用花布头拼着缝起来的小书包去上学，书包里装着一根铅笔和一块橡皮擦，没有书。我的胆子太小了，进去坐在小凳上和谁都不敢说话。我们的老师姓王，是本村三队里的姑娘，梳着一条长长的黑辫子。尽管她和蔼可亲，但我仍然不说话，不回答她的任何问题，如果她不罢休非让我回答问题，我就要张嘴巴了——哭！她也就没招儿了。在我印象里，她会说一些夸我长得小巧漂亮之类的话，还在休息的时候给我们取耳朵里的耳屎。第一学期结束时，王老师就发张格子纸，让我们写字作为考试。我好怕考试，没认下几个字，密密麻麻写了几行，居然也得了八十分。

胆小如鼠的、弱不禁风的，遇到别人家的狗、猪吓得哭，甚至连公鸡也害怕的我，渐渐熟悉了从家里到学校的路。

第二学期是春半学期，院子里的杏花落去，小杏子都有指头蛋大小，五月来临了。

星期天[1]，我独自一人在大门口玩石子儿，中午过了，也

---

① 编者注：1994 年 3 月 1 日，国家开始试行“1 +2”休假制度，即每天工作八小时，每逢大礼拜休息两天，而在小礼拜就只休息一天。在此之前，我国实行“单休日”制度，即每周只有周日休息。1995 年 5 月 1 日，完全意义上的双休日工作制正式实施，人们拥有了更多的真正属于自己自由支配的时间。

不想进屋找吃的。突然听到奶奶喊我“花子”，我赶紧跑进上房。原来她要尿了，我去门外拿了尿盆。奶奶已有几十天不能走路了，但能勉强从炕上爬起来。父母还要挣工分，我不去上学，所以接屎接尿的工作自然是我的。其实，我并不嫌弃奶奶，就是想不通，打我记事起，奶奶从没亲近过我，从不和我说点儿啥，是嫌弃我是女孩吧？奶奶跪在炕上尿完了，自己坐在炕上端起炕头放着的半碗炒面吃，我倒了尿盆，坐在门槛上看她怎样把干巴巴的炒面在没牙的嘴里搅拌湿了咽下去。

突然，奶奶剧烈地咳了起来，脸色变得非常难看，手也举了起来，碗随之掉在了炕上。我扑上去抱住她，拼命地喊：“奶奶，奶奶，你咋了?”可是奶奶咳得喘不过气来，啥也不能说。我吓得傻傻的。但有一种意识告诉我，奶奶被炒面呛住了，因为我吃的时候也被呛过。我倒上水要喂她时，她蜷成一团，我根本无法灌给她。

我跑到后院邻居家找人，本家远房的十叔赶紧跑到我家，十婶则跑去叫来李大夫，他们还叫人去地里给我爹妈带了话。我站在上房地下看着他们给奶奶捶背、灌水，乱成一团，但始终没看到她老人家再睁开眼睛。

后来，十叔把我支到院子里去，理由是我还小，不能看。等父母回来，上房屋里已经安静了，我知道，奶奶走了……

奶奶走了，没有抱过我，嫌我是女娃的奶奶，耳聋转八的奶奶，和我一样要吃炒面的奶奶，要尿了才会喊我乳名的奶奶，辛辛苦苦活了 80 岁，却被一口炒面呛到了另一个世界。我强忍着内心的悲哀和恐惧，看着父母披麻戴孝，村里人进进出出……几天之后，奶奶被装进棺材，拖拉机把尸首拉到了一个很远的叫车路沟的山沟，她老人家被葬在了那里，上面堆起了一个土丘。

当我再回到学校，王老师第一个问我："小花子，这几天哭奶奶着呢?"我啥也不会说，只是任由眼泪在小脸蛋上"撒野"，王老师用她的手绢为我擦去了眼泪，那时候，我心里头第一次觉得她那么亲切。

从那以后，每当吃炒面，我的心里都会充斥着一种又干又呛的滋味。

第三节　上学的遭遇

1980年秋，上完了红幼班的我就成了一年级的学生。当时，我记得妈妈给了我五角钱去学校报名，我因为瘦小，坐在第一桌。我们的班主任是位男老师，给我们上语文课，他的嘴巴有点儿歪，我总看他讲课的表情。他从来不笑，严肃极了，有点儿凶巴巴的。不知是大脑发育没跟上还是天生怯懦，他讲的话，我一句也听不进去，心里七上八下的，生怕他叫我回答问题或写字。开学一周下来，我只能分清楚上课和下课的铃声，并不是因为铃声有区别，而是我能推算出铃子响与上下课的次序。

那天早上第一节下课后，小伙伴们都出去玩，我在一边看着，因为也有别的班的高年级学生跑来跑去，所以我始终胆怯地站在离我们教室门很近的窗户旁边。不一会儿，上课铃声响了，我转身就往教室走。几个小伙伴玩散了，喊着：“上课了！”他们簇拥着往教室门口跑来。在我进门的一瞬间，只觉得身后的同学们往我身上涌，没反应过来就向前栽倒了，我的头正好磕在讲台的砖沿子上。我感到左眼左上角很疼，等我爬起来一摸，全是血，血流进了眼睛，我不知所措地哭着，看到的是模糊一片。

几个同学扶着我出了校门，来到了学校东面三四队赤脚医生梁大夫的小药铺。梁大夫给我洗了伤口，进行了包扎，还说幸好没伤到眼睛。为了伤口不感染，梁大夫拿出了一个药瓶，说要给我打一针抗毒素。我假装勇敢地脱出了小屁股，因为同学们在，不能再让他们笑我胆小，再说我以前是打过针的，就一会会儿，疼完就没事了。

等我坚决地忍完打针这一关，梁大夫嘱咐我一周不用上学，但每天都要来换药，不要碰包扎的地方，不要吃辣的……可是他说完没一会儿，我感到天旋地转，心跳像飞似的。正好，妈妈接到学校通知来领我，我一头扎进了她怀里，喊了一声：“妈！我要回家！”就失去知觉了。

等我醒来，发现脸上热乎乎的是妈妈的眼泪在淌，我躺在她怀里，她坐在凳子上（没有床），周围有好多人，李大夫也来了。我的嘴和鼻子中间，下巴中间都扎着针。李大夫幽默地摸了摸我的脸蛋说：“花子醒了，你这个小家伙咋能这样玩儿吓人呢?”然后用大针管子吸了一管子葡萄糖，拿起我的胳膊找血管。我好像做了一场梦一样，软软的、轻轻的，认真地看他把针头刺进我的血管把药推完，一点都没觉得疼。他冲我笑，我也笑了。梁大夫紧张地一边擦汗一边说：“没想到这个娃身体这么弱，这个药也要皮试。”他还说，再也不敢给我看病打针了。

后来大人们说，我昏过去后，梁大夫吓傻了，让人叫来了李大夫，为我扎针，打了什么强心剂，才使我脱离危险。谁也没有责怪梁大夫，村里的人们都特别憨厚本分。我也不懂什么叫皮试，只知道，我这条小命又一次留在了世间。我第一次感到，自己的存在是重要的，父母、同学、村医，他们都尽力地关注着我，尽管条件很差，但他们从心底里都是同情我的、爱我的。

等我的伤好了，爹妈催我去学校上课，我一想起那个严肃的语文男老师就不由得紧张，还有那个硬硬的砖头沿，还有往我身上涌来的同学，还有满手的血……一拖就是好多天，反正我不敢去上学。

第二学期，母亲甚至拿了根树条子赶我去学校，也没能如愿。我照样和石头子儿、小蚂蚁、“退退窝窝”为伴。直到第二年秋，又到开学的时间，母亲给我一块钱，我尽管心里有疙瘩，但觉得自己都八岁了，比同村上一年级的娃娃都大，怪不好意思的。于是二话没说，乖乖地跟着娃娃们去学校报名。

那年上学的头开得真好，我们的老师是位四十几岁的李阿姨，和蔼的面庞、亲切的声音、圆脸短头发，我一点都不觉得怕。她收我的时候，还给我出了一道加法题（不是整十数的两位数加两位数），破天荒的，我竟掰着手指头算对了。她说我可以直接报道上二年级，我直摇头，她也就笑着收下了我。那时候，我真的不知道读书要做什么，父亲、母亲都不识字，只对我说读书可以识字，不做睁眼瞎子①。

从开学的第一节课，我就跟着老师念“人、口、手”，而且学得特别认真，也记得很快。所谓的启蒙，也许就是从这一年读一年级开始的。我觉得自己不再像一年前那样胆小和笨拙了，老师的要求都能听懂了，手拿铅笔也有力了，会了也敢大声地念，敢回答老师的提问了。后来我回忆，第一次上一年级时，我什么都跟不上，听、说、读、写的能力都不具备，根本就是一个懵懂的孩子，大脑发育、肢体发育都不够。这样说来，还得感谢那个歪嘴的老师，挤倒我的同学，还有梁大夫没做皮试打的针……

① 编者注：人们常常把文盲称为“睁眼瞎子”。

第二章 父辈的精神

第一节 我的父亲

从小到大，对我成长帮助最大、影响也最大的人，莫过于我的父亲。并不是父亲有多聪明，教导我多少，恰恰相反，是父亲的老实、笨拙、穷苦、沉默，教给了我坚韧、诚实、努力奋斗。父亲的生命里写满了辛酸、艰难，但他却很少提起。直到我小学三四年级的时候，随着村里实行了联产承包责任制，我们全家都能吃饱饭了以后，他才偶尔讲讲他小时候的事情。

父亲出生在1935年，啥月份、啥日子他也不知道，也无从查询。他的老家在白银区王岘乡铁匠石村（今天的三冶炼一带），我们这里把那些地方叫“北山里”，那里到处都是石头山，有一些旱地。我的太爷爷、爷爷都是放羊的，在他们手里，还有自己的房屋、羊群，可是父亲却什么家业也没有。

这还得从我从未谋面的爷爷说起。我的爷爷是个聪明绝顶的人，他小时候没有读过一天书，但同宗的地主家请了先生给堂兄弟们教书，爷爷就坐在门外偷听，没想到几个月后，爷爷居然能读通其他堂兄弟们的所有书籍，如果借阅，也是过目不忘，吟诵不止，绘声绘色。

可惜的是，爷爷弟兄一个，从小被太爷爷、太太宠得很，所以不愿下苦功，不爱放羊。虽然他聪颖过人、酷爱音乐，弹得一手好弦子，但家道贫寒，哪有条件请先生教导，全家人都靠给同族地主家放羊、干活糊口。

爷爷30来岁时，得了一本什么透天机的书，从此就早礼晚读，不理家事。还有更悬的，有苏家族人传说，书中说爷爷的命相是真龙天子，于是爷爷还自雕神柱，埋在了某个神秘的地方，做上了他的天子梦。今天一想，真是读书读得误入歧途。后来因不得志，爷爷染上了烟瘾，把家抽的一精二光，30几岁就离开了人世，做他的“天子”去了，抛下了奶奶和父亲。爷爷去世时，父亲16岁，奶奶和自己的儿女从此彻底沦为同族地主的长工。

父亲从小就给地主家砍柴、放羊、放马，过惯了风餐露宿的日子。自私的爷爷没教过父亲一个字，父亲也认为自己天生愚笨，没本事学文化，只会下笨苦。父亲十四岁那年秋天，一大早，他就收拾好干粮和水，打开羊圈门，牵上马，带上狗，骑马去远处的山沟里放羊。因为近处山里的草好多家的羊群都吃，已被啃成草茬子了。带狗是必需的，山中经常有狼出没。

父亲赶着羊群过了大石洼，草渐渐显得多了，羊群也走得慢了，开始散开找草吃。父亲索性下马，给马去掉了嘴笼，让它也吃个饱。父亲自己则带上布兜子，爬上山去打野菜。什么羊胡子、扁菠、沙葱都是可以吃的。如果刚下过雨，野菜就多一些，有可能还能拾到山皮子上的一种地衣菜呢！北山里的人，一年四季的菜都是这些，地主家除了过年宰羊杀猪，平时吃的菜也不外乎这些。

父亲打满了一兜野菜，羊也吃得差不多了，他边下山边把羊吆喝到山坡阴凉处休息。父亲抬起胳膊用他的袖子拭一把额头的汗，拴好马，拿上干粮袋子，坐在山下的一块平石头上，一嘴干粮就着一把野菜，吃得津津有味。吃饱了，双手抱住水壶，一仰头，咣当咣当喝几口，然后把干粮袋子和水壶往身后一垫，头枕上去，小睡个午觉。下午，父亲继续骑着马赶着羊到更深一些的沟里边，让羊再吃一顿，傍晚才能放羊回家。

羊儿继续吃草，父亲从干粮袋里拿出一块黑面馍，掰成块儿，一块一块地扔给地主家的狗。狗老远就能窜过来叼馍吃，除了扔第一块狗赶的时间不一定准，后面扔的它都能百叼百准，保准让馍不落地。正当父亲准备看看日头放羊回去的时候，山里起风了，正在吃草的羊被突起的狂风一惊，四处乱跑。父亲跨上马，招呼狗追赶往山里跑的羊，自己堵住沟里的路口。狂风大作，父亲吆喝着，挥动鞭子。几分钟后，羊群聚拢了，父亲大概一看，感到不对，再数一数，怎么缺两只？他四处张望，原来有两只小羊从沟的西侧跑到东边的山坡上，被狂风吓得不知所措，父亲催马过去，轻轻地挥了几下鞭子，小羊发现了羊群在西边的山脚下，赶紧跑了回来。父亲也骑马回到羊群身边。本来想躲过狂风赶羊回去，但天空已经升起了团团乌云，父亲判断要下雨了，山里没处躲雨。他决定立即赶羊回家。风渐渐小了，大点的雨开始零零星星地落下来。父亲催马扬鞭，让羊群小跑着往回赶。

突然天空一个闪电，那匹马脚下一绊，一个趔趄，父亲从马身上滑了下去。滑到地上的瞬间，父亲的姿势是一条腿跪地，两手随后才撑到地上。地上不是石头就是干草根，父亲正跪在一根尖尖的硬柴根上，那根硬柴根刺进了父亲膝盖的缝隙，并且顺着父亲刺痛的膝盖向一侧倾斜折了下来。父亲疼得大叫了一声，他看清楚怎么回事后，挽起裤腿，用右手的大拇指、食指、中指抓住露在外面的柴根，咬住牙用力一拔，3寸来长的鲜红的柴根把几滴血溅在父亲年少的脸上。他忍住痛爬上马，继续扬鞭赶路……

冬天来临，寒风刺骨，父亲的工作是去山里砍柴和到几十里外的泉眼驮水。三九天，他的手指和脚后跟全被冻得裂开了口子，刚裂开的口子都在粗皮和茧子上，还不会疼，时间一长就越裂越大，到了细肉处就淌血了，可是没有法子，一个长工，哪里有手套和棉鞋呢?!地主家和他一般大的孩子都有棉手筒和棉窝窝鞋。

有一回，父亲的脚后跟裂得像娃娃嘴，疼得他走路只能用脚尖踮。晚上，他告诉自己的母亲脚裂口子的事。我的奶奶到跟前一看，哽得说不出话来。父亲要求奶奶帮他把口子弄合上，第二天还要去砍柴。心疼和无奈之下，奶奶找来纳鞋底的锥子、针和细麻绳。就着煤油灯，奶奶拿起自己儿子的脚，像纳鞋一样，锥一下、穿一针，硬是把口子缝拉住。奶奶流着泪，尽量把针穿在粗皮带茧的地方；父亲咬着牙，一个劲地说：“不疼，不疼，妈，你把你缝!”

少年时代的父亲，就是这样生活和成长的。直到“土改”，他才结束了长工的日子。

父亲成年后，两个姑姑都已出嫁。奶奶托亲戚介绍，给父亲说下亲事。母亲是王岘乡东台村农民，家境同样贫寒。父母之命，媒妁之言，父亲用自己苦下的几升粮食作为聘礼，娶来了母亲。他们结婚的房子破得四花大开，只能勉强遮蔽个风雨，门帘都是借的，唯一的家具就是姥姥家陪嫁的一对红箱子，刚解放那几年很流行，家家嫁女儿都陪送箱子。母亲的一对箱子上还漆了当时很时兴的“革命伴侣”四个字，充满了新社会的气息。

铁匠石生产队只有20几户人，耕种的全是旱地，老天爷高兴，下几场雨，年成就好一些，能填饱肚子。老天爷不高兴，地干得种都种不进去，更别说收成了。1960年，父亲、母亲和奶奶就靠吃苦荠菜和灰条（一种特别常见的草）籽保住了命。后来，白银公司在铁匠石一带勘测到了以铜为主的多种矿物资源，开始修路，招工。父亲本来可以按条件招工的，但因弟兄一个，奶奶不同意，再加上结婚近十年都没生下孩子，可以说一家人都不畅快，所以父亲就去做苦力修路。

当时修路根本没什么机械，除了拉运，其他基本都是靠人工。父亲和许多铁匠石村、大井子村的村民兄弟，为了挣钱糊口养家，背着黑面干粮，风餐露宿，起早贪黑，有时十几天回不了家，为开矿贡献了一个贫苦农民工的青春和力量。

1966年4月，整个铁匠石村被确定为矿区，开矿的前期准备工作也已全部就绪，父亲所在的村必须整体搬迁。父亲含着泪拆了自己和母亲亲手建起来的三间房子，拉上拆下来的椽子，带着老娘、妻子，揣着政府支付的80元搬迁费，背井离乡，来到四龙乡，插入梁庄一队。20 世纪 60 年代的四龙乡，居住以窑洞为主，初来乍到的父亲一家被生产队安置在窑洞宽余的李得国（村里的赤脚医生李大夫）家，边参加生产劳动，边筹置建房。

比起铁匠石，四龙的地理环境和自然条件都好得多，因为黄河流经这里，河水穿过乌金峡在这里拐弯，冲出了一片周围环山但相对开阔的 20 公里的滩涂地带，南岸是靖远县平堡乡，北岸是靖远县北湾乡，西岸是白银区四龙乡。这里干旱少雨，风沙较多，但能吃上黄河水。

父亲和其他族人分别插队到四龙各个村子。父亲和母亲很快融进了梁庄大队这个集体，和憨厚、实在的四龙梁庄人开始了新的生产、生活。凭借父亲从小历练的吃苦耐劳的精神和乡亲们的帮助，一年后，父亲在大队批给的庄基地上盖起了三间土木结构的房子，圈了土院墙。一家人搬进了新家，甭提多高兴了。母亲和邻居的女人们在新院子里下了长面，招呼附近的村里人吃了长面以表庆祝和答谢。32 岁的父亲就这样扎根在了四龙乡梁庄村一队，在这里有了自己的家。

后来，就有了我。四龙是父亲的第二故乡，我的第一故乡。

第二节　怀念姥姥

姥姥特别慈祥，多舛的命运压弯了她瘦小的身躯，她的整个背部就像一张弓。一双小脚拄着拐杖，因为肩背佝偻，所以看人和说话时头和脖子要努力向上，才能和他人面对面。姥姥的脸上有许多小坑坑，是年少时出一种麻疹留下的。但这一点都不影响她的形象，因为无论什么天气、无论什么情况，她都微笑着，从不埋怨什么。

命运之神在姥姥进入老年之后，考验了她很多回。所有的人，包括姥姥的亲人们都觉得她活得实在太可怜，还不如早点解脱。可是姥姥仍然微笑着，健康地活到了85岁，没有力气了，才离开了这个世间。

姥姥有七个孩子，老大就是我的母亲。第五个孩子是唯一的男孩，就是我的舅舅。我四五岁的时候，可喜欢去姥姥家了。一方面是因为姥姥在白银市郊区农村，要到姥姥家，必须经过市里，人多，商店也多，很热闹。快到东台子，还可以过铁路，碰到很长很长的鸣着汽笛冒着烟的火车。另一方面是姥姥家人多，姨姨舅舅都抢着抱我，给我糖吃。每当母亲农闲，收拾好包袱，给我换上衣服，牵上我的手，走到村口路边，挡一辆拖拉机，抱我到车厢里，我的心就“咚咚”地跳得可欢了，又兴奋、又胆怯，小脑瓜里充满了对姥姥家的向往。

姥姥家的房子很讲究的，是土地改革后分到的地主家的堂屋。高高的石台子，上房门扇上部都带着小格子窗，屋内正面一张八仙桌旁，放着两把古朴的太师椅，东侧是炕，很大，炕沿的木头又宽又滑。姥姥总穿着一身黑色的衣服，一会儿到厨房去，一会儿来上房摆炕桌。那时，她的背就明显弯着。姥爷要么坐在炕上，要么坐在地下的太师椅上，手里拿着他心爱的旱烟枪，一会儿点一下吸几口，一会儿磕磕烟灰，再抓一撮烟渣子填进烟锅里。

我最爱跟两个小姨在一起，她们还没出嫁，一人梳一个长辫子，烧火做饭时甩来甩去。姥姥做的黑油卷馍是来客人时最好的食品，刚出锅时还是热腾腾的。小姨把它放在碟子里，端进上房，放在炕桌上，再加上一两碟咸野菜，一大家人坐在炕上吃得可热乎了。姥姥总是不上桌的，我们吃到尾声，她还在厨房收拾灶火前烧剩的麦草，掏炉灰，她的背就是那样弯了再弯。

舅舅那时既年轻又帅气，而且上过初中。七个孩子中，他是男孩，所以女孩们都不上学，让他一个人上学，一方面是穷，另一方面是想让他学文化，也好成家立业，改变穷困的生活面貌。这当然也是封建社会留下的一种重男轻女的思想。舅舅在村子里都是少有的初中生，参加生产劳动没几年，就当上了生产队的会计。虽然舅舅已经长大成人，但姥姥和姨姨们都非常宠舅舅。

舅舅个子大，力气多，除了当会计，还要给东台村的石料厂里采石头，成天在山里抡大锤。高大健壮的他，饭量也很大，如果家里哪顿饭做得少了，姥姥和姨姨们就喝点稀粥，把饭留给舅舅。村里哪家要是办喜事下长面，舅舅一个人吃的就得准备十几碗，全村的人都见证过，对他又爱又怕，爱的是有舅舅在，提水、搬重东西不用发愁，怕的是他吃得太多，大家的日子都紧，他一个人就吃几个人的。

姥姥太宠舅舅了，什么都依着他，大家也觉得舅舅既能吃又能干，一定会有出息的。转眼就到了舅舅谈婚论嫁的年龄。

姥爷、姥姥托亲戚给舅舅说了一门亲事，决定迎娶前，双方可以见一次面，当然是男方上女方家。听母亲和姨姨们说，那位姑娘不但长得漂亮，而且性情温柔贤淑，舅舅真有福气。可谁也没有料到，舅舅上门回来，一点都不高兴，说女方身体太单薄，过门来又要种地，又要操持家务，根本就扛不住活，坚决退亲。

姥爷和姥姥拗不过舅舅，只好把亲事退了。他们按舅舅的标准，又说了一个身体丰满、膀大腰圆的亲戚姑娘。舅舅见了面非常中意，大家趁热打铁、一气呵成，把新娘子娶进了姥姥家。舅舅的婚礼很热闹，我隐约记得村里的青年人欺负新娘子的情形，让他们交换礼物，相互鞠躬时故意推搡，要“面豆豆”（当地的风俗，新娘子嫁过来时准备的炒熟的小面蛋儿，谁要就抓给谁）……

舅母真的很丰满，红色的上衣被胸脯绷得紧紧的，裤子被屁股绷得紧紧的。脸上长得不算好看，也没啥怪相。村里的人都来祝贺，舅舅和舅母给客人一一鞠躬，他俩害羞地笑着，对对方很满意。

舅母的确争气，娶来第二年就生了个男孩，姥姥一把屎一把尿地帮着带。次年，舅母再次怀孕，再次生下一个男孩。当时国家实行计划生育了，生完两个男孩必须结扎。姥姥又要哄小孙子，还要伺候结扎了的儿媳妇，她的背驼得更厉害了。家口大了起来，两个最小的姨姨也就是云姨还没有出嫁，一家人吃饭也成了大事。姥爷因肠炎的折磨，只求自己粗米淡饭吃下去稳当，瘦削得只剩皮包骨头了，根本就没有精力管家治家。

舅母的地位因连生两个男孩而一路攀升，家里的事几乎她一个人说了算。不知是天生的性情，还是家务所逼，舅母起初让大家抓紧给两个小姨找婆家，后来因为一时没找着，她便大发雷霆，不让两个小姨吃家里的、住家里的，时不时地把她俩赶出家门。姥姥只有醒到大半夜，听到外面有动静就偷偷去开院门好放姨姨进来，或者拿上黑面馍馍，隔墙给她们填填肚子。

舅舅看着妹妹受委屈就和舅母理论，于是这个家就三天两头吵闹不断，舅舅吵不过就动手，谁知道舅母软硬不吃，扔下孩子回到不远的娘家。两个孩子还小，都要妈妈。舅舅又请人去岳丈家下话求情，把舅母接回来，姥姥一声都不敢吭，一边佝偻着身子做饭、洗衣，一边托亲戚赶紧给两个小女儿找婆家。

20 世纪 80 年代初，两个小姨相继出嫁。最小的姨姨，也就是六姨，因为急着要离开家，嫁给了范家窑我四姨夫的弟弟。我四姨夫的弟弟是结过婚的，但他的媳妇得了神经病，还点火烧了他们的房子，后来死了。小姨嫁了以后，第二年就生下了一个女孩，小姨夫是开大车的，吃穿基本不缺，但姨夫常年出门在外，小姨一个人操持着山沟里的家和旱地。

可是鬼使神差，结婚第三年小姨就精神分裂，披头散发，到处乱跑，有时跑进山里，几天几夜都不回来。小姨夫找回小姨就免不了一顿打，但对一个精神病患者，武力只能加重她内心的怯懦，加快她精神和人格的分裂。1996 年生过五个孩子的小姨跑到铁路上，爬上了一辆货车，到了河南郑州。货车进站没停下来，她就急急忙忙往下跳，着地时一只脚搭在铁轨上，车轮无情地碾了过去……

小姨被郑州铁路局的干警送进医院，进行了截肢，40天后，她们按小姨说的地址为她买了火车票，并通知白银火车站找小姨的家人到时去接。可怜的小姨被接回到范家窑家里，她失去了一只脚，再也不能疯跑了，成天呆呆地斜靠在她的小屋子里，目光里空茫一片。

我不知道小姨的命运和舅母有没有关系，让人不解的是，舅舅在婚后第二个儿子出生后没两年，变得叨叨不堪，下地干活，嫌舅母磨蹭，做完饭就八九点了，吃完收拾一会儿就十点多岁了，干啥都迟了；日常生活，嫌舅母懒惰，一家人的衣服脏得看不成，从来不知道洗，如果从地里回来迟了，就懒得做饭，将就几口馍馍就了事。姥姥的腰蜷的厉害，端上水盆就放不上土灶，只能看孩子。

久而久之，在舅舅、舅母的吵闹中，在孩子哇哇的哭叫声中，60多岁的姥爷撑不住了，孙儿尚未长大，小女精神分裂，他躺在炕上，没有力气说话，只是用力地摆动一只手，是在让大家散了呢，还是说自己的病没治了呢，谁也猜不透。直到姥爷的手摆不动了，他老人家也咽下了最后一口气。

姥爷的离去，让姥姥在这个家的地位毫厘不剩。起初，她操持家务，带两个孙子，虽然看不到好脸色，但可以装聋作哑，苟且地做这个家的一份子。可是姥爷一走，姥姥在家中什么也不是了，儿子是自己生的，从小由着性子，要手不敢给脚；媳妇是儿子挑的，膀大腰圆，底气十足；孙子更是太上皇，饿了赶紧喂吃的，困了马上哄他睡；自己只要能有口饭吃，有屋子住，就够了。

可是命运不是你知足了就能够饶恕你的，几年后，舅舅的唠叨越来越频繁，他会突然放下手中的活，哪怕是很紧张的活，比如说正挑着两桶水，就开始停下来唠叨，从骂老婆太凶太懒开始，一直延伸到旧社会的地主、恶霸（东台子的），甚至拓展到蒋介石、毛泽东的成与败……如果家里有人来，他会滔滔不绝地讲，有几句之间有关联，有些话纯粹是他个人的胡乱评说。我跟着母亲、姨姨们去看姥姥时，总能碰到舅舅，但他和我们打完招呼就开始发表言论，姨姨们谁也劝不住。大家明显地感觉到，舅舅的大脑出现了问题。

舅母对舅舅一脸的愤怒，对我们也不搭理、很不欢迎。她的脸上失去了青春的光泽，衣着也很破旧。两个孩子非常淘气，在院子里“呼”、“哈”打着什么电视剧里的霍家拳。姥姥也从上房屋子搬到了西面的小屋子，黑头巾边露出苍白的头发，一双有神的眼睛慈祥地看着我们。舅母跟我们搭几句话就说要出去干什么活，姥姥这才敢和女儿们说几句话。她被迫自己一个人单开过，一间屋子，几个碗，一口铁锅，几根筷子，不准动厨房的米和面，不准用舅母的任何东西。姥姥想留女儿们住，没地方；想招呼女儿们吃，自己都有早上没晚上的。

幸亏女儿多，大家一商量，都愿意把姥姥接到自己家中去。于是，为了舅舅、舅母不再因多一张吃饭的嘴而吵架，为了这个家的人眼中不再出现一张弓一样佝偻难看的身影，为了不再因为一碗面而成为被问责、恐吓的犯人，姥姥开始了她晚年的漂泊生活。

姥姥出门不久，舅舅由唠叨变成精神分裂。他不会主动按农时去耕种庄稼，也不会注意水缸的水需不需要挑来加满，更不管孩子的教育。他只管两件事，饿了到街上饭馆吃剩饭菜，困了回来睡。谁要是在他自言自语发表演说时打断他，他就会威胁："猪头，我要把你杀了！"白银火车站、大什字一带，又多了一个疯子。

姥姥不管住在哪个姨姨家，都念叨着让我们去看舅舅。其实，母亲、姨姨们也放心不下，去时总要带上一些馍馍、果子。我过年过节都和姨姨们一起去看望舅舅，每次去，都很受舅舅欢迎，他看着我们从包里掏出吃的招呼他，就会很不好意思地笑，然后拿起来大口大口地吃，显然一副饥肠辘辘的样子。

两个表弟都十来岁了，给他俩分果子总不消停，免不了两个要打斗一番。他们对自己的父亲已经习以为常，如果舅舅对他俩用"猪头"这个词，他俩也会毫不思索地还舅舅"你才是猪头！"所幸的是，两个孩子对自己的母亲还比较尊重，再怎么说，孩子要吃饭，要穿衣，要上学，这些事都是舅母在操持。

就这样，除了小姨家，姥姥在四龙的我们家、宋家梁的二姨家、强湾的三姨家、白银公司的四姨家、兰州西固的五姨家，辗转漂泊，度过了12个年头。

12年间，她老人家在女儿女婿家中对所有的人都以谦和的微笑，赢得了大家的爱戴。虽然女儿女婿家的条件都不是很好，有的家中也时有矛盾，但从没有因为姥姥的存在而发生争执。姥姥对生活没有任何要求，身形佝偻却也没有什么大疾。她总是带着一个蓝头巾的包袱，里面专门有个小纸包，纸包里都是些以前过期的土霉素、去痛片、安乃近，当她感觉不适时，总能自己早早打开包袱，取出药片自己服下。反正那些药起不起作用，我们也不知道，她从没有过病得这儿痛那儿痒的，总是笑呵呵的。

1999 年，姥姥已经 78 岁了，时常感冒，从兰州西固的五姨家转移到白银的四姨家。78 岁的她，头发全白了，牙掉了多半，走路也要拄拐杖了。在四姨家里时，母亲和其他的姨姨都去看望她。等四姨夫上班了，姥姥叫自己的女儿都到她跟前。其实，大家都猜到了她的心思。果然，姥姥对大家说："我在外头也十几年了，现在我也老了，该回东台子老家看看了。"

姥姥说的没错，她确实老了，舅舅和舅母都已经 50 多岁了，大表弟在市里打工，二表弟高中毕业考了个二本大学，舅母没钱供读，就托娘家兄弟帮忙，去桂林当兵。我也已经在四龙工作了几年，并有了家庭和孩子。我带儿子去看姥姥，儿子要叫她"太太!"

十几年的光景，姥姥怎能不想她的老家，不想她的儿孙，她的确应该回去看看了。姨姨都劝她别回，甚至说，即使她老死于自己家中，也没关系，照样发丧、送葬，没有人笑话。但是姥姥那个年代的人，能够在女儿家流浪十几年都是万般无奈之举，现在她自知年岁已高，说出来回东台子老家那就是最后的决定。

1999年8月，刚立秋不久，二姨和四姨准备了一套铺盖，把姥姥用自行车推到东台子舅舅家，敞院子有一段木棒组成的栅栏门，没上锁。姥姥和姨姨们的心情都相当复杂，所以走路进门都不敢大声说话。到了院子里，四姨才壮着胆子喊舅舅的名字，但没有人应声。上房门锁着，厨房门好像开着，她们打量一遍屋子，不知该往哪里去。这时，厨房门帘掀开了，舅母出来了，她吃惊地看了姥姥、姨姨一眼，冷冰冰地说："噢，怎么回来了？来了就到屋里。"

她甩下这句话就出门了，怎么办？上房肯定是不让也不敢住进去的，厨房更不可能，只有西面角落的那间小屋子，原来是放旧东西的，炕上有一个大坑，什么都没有铺，现在舅舅住在里面，靠北搭着一块破木板当床。姨姨们就把姥姥扶进了这间小屋子。里面黑洞洞的，因为窗纸全破了，舅舅用一片旧布挂起来挡在窗子上。姨姨们把顺便捎来的馍馍、咸菜等放进屋子里的小橱柜里，这是这间屋子唯一的家当。

舅舅不在，可能出去找吃的去了。二姨打扫卫生，四姨整理姥姥的铺盖，用墙边的旧木板拼在炕上遮住塌下去的炕面，将就着铺上旧棉絮。这就算把姥姥安顿下来。她们正准备去厨房找水喝，舅舅唠叨着进院子了。姥姥拄上拐棍出门去迎自己的儿子，只见舅舅肩膀上搭一个布袋子，上身穿一件没有扣子的中山装，袖口子、领口子都是破的，脚上一双黄军鞋，后跟都快掉了，头上还戴着一顶发黑的草帽，右手拄着一根木棒……姥姥的眼睛模糊了，舅舅怔在院子里，突然不说话了，姨姨们含着眼泪把他叫进屋子。姥姥打开橱柜，拿这拿那放到舅舅的手里，舅舅瘦削的脸上滚下了两串辛酸的泪滴，然后，大口大口地吃着馒头和咸菜。

姥姥就以这样的形式回到了阔别十几年的家中，和自己的疯儿子在一间小黑屋子里相依为命。后来听说，舅舅虽然有病，但对姥姥还是挺欢迎的，没过几天，他就给姥姥修好了土炕，因为临近冬天，要烧炕取暖。即使他犯病也是指着姥姥唠叨、漫骂一通，姥姥使唤他担水、劈柴，他一般都会顺着去做。姥姥回来，也使他的吃饭有了着落。

我和几个姨姨们经常去看望他们，给他们带米、面、咸菜。大多数时候，姥姥都表现出是开心的。我们有时待的时间长，就给姥姥做顿饭，大家一起吃。有一次做面条，我看到院子里的小菜园里有葱，便出去摘了几根，姥姥看见了，悄悄地对我说："不能掐的，那是你舅母的。"当时我很吃惊，菜园里这么多，又不是多稀罕的东西，长着不也老了黄了，咋就不让人吃呢？我安慰姥姥："不要紧的，舅母不在，我摘的里边的，看不出来。"她才放心地笑了。

我们能感觉到，姥姥在家里生活的气氛时刻都很紧张，对我们的接济和看望，她是由衷的需要，所以她很开心、很知足。可是我们并没有天天都在她身边，无法猜想她经历了哪些难堪和伤害。她在忍受，为了看到她亲生的儿子，为了看到孙子们的成长，为了叶落归根……她的心充满了一个苦命老人的微薄希望。

这样，姥姥靠她女儿们的接济和自己的努力平安地度过了近两个年头。中间，也提到舅母和大表弟对她的辱骂，甚至闯进屋威胁她，扔她的衣物，但都是轻描淡写。如果姨姨们要接她走，她坚决不出老家的门。2001年的暑假，我带着63岁的母亲和六岁的儿子坐上公共汽车来到白银四姨家中，因为之前兰州的五姨和宋家梁的二姨也已来到了四姨家，约好一起去看望80岁的姥姥。我给姥姥买了新的床单，姨姨们有的带着馍馍、炒面，还有的给姥姥买了里面穿的衬衣、衬裤。四姨还特地收拾了几件四姨夫的旧衣服，一定是准备给舅舅的。

当我们一行六人来到那熟悉的院落，已经下午四点了。天气不算太热，走进院子，静悄悄的，上房的门照旧锁着，我们直接到西边姥姥的小屋，门开着，姥姥躺在炕上。见我们进来，她有点费力地坐了起来。我感觉到不对劲，姥姥没有笑容，而且瘦了许多，脸色苍白。我们都问她是不是生病了，姥姥停顿了一会儿，突然像一个孩子般地哭了起来，边哭边把袖子挽起来给我们看，只见她瘦得皮包骨头的左胳膊上有几个紫青的抓痕，很明显是用手拧掐留下的。“她说要把我杀了，要我赶紧死……”

我明白姥姥说的她指的是舅母。当时，我和姨姨、母亲又伤悲又气愤，我带着姨姨到了厨房，舅母和她娘家的侄子在厨房坐着。我们进来，她连声都没有吭。我第一个质问舅母：“舅母，我姥姥胳膊上的青印是哪来的？”舅母没吱声，但看得出她理亏。“姥姥已经80多岁了，不吃你的，不喝你的，活不了多长时间了，你作为小辈，怎么能这样对待她呢？”我紧接着问她。她仍然没有做声。几个姨姨见舅母不出声，本来胆小的她们也胆大了几分，几个人同时质问舅母。

舅母见姨姨们一张嘴，马上改变了态度，突然站起来，手指着姨姨们破口大骂：“你们做亲戚的，好好把你们的亲戚当好，还来管婆家的事！”她冲到姨姨跟前，手都指到二姨的脸上了，她们互相推搡起来。舅母连嚎带喊出了厨房门往姥姥屋里冲：“我把你这个老不死的，煮了吃肉！”我们跟在后面追着拽她。她像发疯的母牛冲进屋子，一把把姥姥从炕上拽了下来。幸亏我们人多，一边拉住她，一边把她抓姥姥的手掰开。说实话，我都要快忍不住要给她几个巴掌。她的侄子紧紧跟着，不然几个姨姨肯定不饶她的。

舅母拉姥姥没拉成，又冲到院子里，大喊大嚎，索幸躺倒在地，满地打滚撒泼。我们都围着她，本来大家都很生气，这时又怕她乱碰乱撞。等她嚎够了，渐渐平静了，我才记起我六岁的儿子。一转头，只见他站在西南墙根远远地看着我们，惊恐的眼睛里充满了疑惑。

我用一个成人的视角审视舅母的这一系列言行，突然觉得她也是一个心灵扭曲、极度可悲的人。年轻时自私、懒惰，说话做事没有分寸和法度。可是舅舅的精神分裂和自甘沦落也使这个女人失去了应有的依靠和伴侣。贫穷、孤单，同时折磨着她。一个农村妇女，要拉扯两个孩子，穿衣吃饭，里里外外、零零碎碎，这些年，她怎样睡，吃什么、想什么，多少个日日夜夜，怎样熬过来的，我们都不得而知。她欺负姥姥，向我们哭嚎，撒泼打滚，也是在发泄自己的委屈罢了。她的命运不也是个悲剧吗？

舅母渐渐平静下来，她的侄儿扶她去厨房休息了。我们进屋围着姥姥抹眼泪，谁也不说话。儿子紧紧地挨在我的身边，把他的小手放在我的手里，一双黑亮的大眼睛里噙满了清澈的泪水。一只鸟从房顶上飞过，屋里掉下几缕尘土，打破了这傍晚的寂静。我抬头一看，房子西北角的顶上开了一片一尺见方的“天窗”，怪不得鸟儿都能惊动下来这么多的尘土。本来在来时我们计划晚上回到四姨家去，现在姥姥挨了打，受了刺激，我们怎好离开呢？谁都没有心情吃饭，但我还是鼓励姨姨生火给姥姥下点挂面。这次，我再没敢去菜园子里掐葱，调了点盐、酱油、醋，每人半碗，我们相互鼓励，吃了一顿伴着眼泪的晚饭。

那天晚上，舅舅不知流浪到哪里了，没有回来。我和儿子、母亲、姨姨们守着姥姥，一同挤在姥姥的土炕上。半夜时，天非常晴朗，我睡不着，就望着屋子天然的“天窗”外闪闪的星星。我多么希望，那是天神的眼睛，能够看到人间的这个角落，这一家人。姥姥睡得特别踏实，肯定以往都不敢睡，被舅母惊扰得相当疲惫了，今晚有这么多人站岗，她老人家才放心踏实睡了。

第二天，我和五姨走回市里，特地为姥姥买了两斤肉回来。姥姥的身体明显地垮了，蜷在炕上，就像一张弓，我们想给她增加点营养。另外，也想她已经80多了，这样磨难般的岁月恐怕也快到尽头了，让她吃点肉，让大家敬敬心，如果她扛不过去，我们的心里也不至于太多的遗憾。我们离开时，姥姥打起精神下了炕，拄着拐杖站在门口，努力地抬起头目送我们。二姨说她回家取两件衣服一两天就来陪姥姥住几天，姥姥看起来宽慰了些许。

转眼又过了将近两年，姥姥竟然没病没灾地活了过来。除了过年过节我和姨姨们能带点肉食，平时她就靠吃馍馍、咸菜过活。冬天还蜷曲着身子自己烧炕、掏炕灰、生火、烧开水……我老在担心她的屋子的“天窗”，后来听四姨说，舅舅找了木棒，铺在顶上，和了草泥堵上了。

2003 年 11 月，天气已经由凉转冷。一个星期天我去梁庄看望父母亲。快中午时，电话响了，母亲去接，原来是四姨。我听得出来是在讲姥姥，母亲的脸色越来越黯然。挂了电话，母亲要我即刻送她上白银去看姥姥。我领母亲到村口乘公共汽车，一到白银，就立刻赶到四姨家。四姨正准备了一床被褥等我帮她一起去东台子。四姨说，姥姥被赶出来了，但哪儿都不愿去，就守在东台子的大场上。头一天夜里在草堆里睡着，今早，是东台子的人告诉四姨的。四姨去看时，姥姥已被冻得奄奄一息。

我们带了脸盆、被褥，雇了一辆三轮摩托，匆匆赶到东台子的大场上。可怜的姥姥靠在大场上的一间小土房的墙根下，眼睛都不愿睁开。我们找来村上的主任，打开了小土房的门，四姨父已经找来了床板、一袋碳和一个铁炉子，我们用最快的速度打扫好屋子，支好床，把姥姥抬上床，给她盖好被子。

点上炉子后，小屋的温度渐渐升了起来。四姨才坐下来，详细地讲述事情的来由。原来，舅母和大表弟要拆姥姥住的那间屋子，说是太破了，要盖一间新的。她们责令姥姥搬出来，可姥姥没地方去，就没当回事。结果头一天下午，舅母和大表弟上了房，几下把屋顶揭开，土块、木棒直往下落，小黑橱柜、锅碗瓢盆全部被埋了，姥姥也等着被活埋。但是拆房子的母子又动了善心，从墙上下来，抓住姥姥的一只胳膊，拉着她从屋里一直滑行，把她拽到大场的草堆里……

姥姥伤心极了，就在草堆里爬到天亮，一声没吭。也许，她真的不想活下去了，可是死神还是没有收留她。

场上过路的村里人都顺便进来看看姥姥，出去时，边走边摇头叹惋："可怜哪，可怜人！"他们好像都知道头一天发生的事情。村里的人已有好些年不和舅舅家来往了，舅舅疯了以后，舅母的心态极不正常，经常和邻居吵架、撒泼，久而久之，谁都害怕她，就是这家死了人，都没人敢过问。

不知不觉中，姥姥睁开了眼，我凑到她跟前，故意开玩笑："姥姥，你还活着呢？"姥姥看着我，开心地笑了，露出了掉剩的两颗牙。

我们照顾了两天后，82 岁的姥姥又可以下床拄杖蹒跚挪动她弓一样的身躯了。她没向我们讲那晚趴在草堆的前前后后，反倒对现在住在场上的小土房十分乐意。我们在紧靠着小土房的西侧，用碎石、砖块、土块等给姥姥垒了一圈茅厕墙，只有半人高，姥姥看了很高兴，笑着对我们说："这儿好，我现在啥都不缺了。"听着这些话，我的心里像打倒了五味瓶一样辛酸难过。

后来，我们去看姥姥再也不用心有余悸了，骑自行车，雇三轮车，从市里径直就到东台村的大场上。姥姥因为天天要生火烧水，总是把手抓得黑黑的，有时脸上也蹭得花花的，两个鼻孔给烟熏成了两个小黑洞，我们去时，她冲我们一笑，像只花脸猫似的，逗得我们忍俊不禁。

2006 年 1 月下旬，也就是春节前，服役期满的二表弟从桂林复员回家，得知自己的奶奶在大场的小土屋里，非常不解。他去场上看姥姥，正逢姥姥感冒，于是他二话没说，将姥姥背回家中，给姥姥找了医生抓了药，天天照顾她。姥姥又回到了她的家中，所幸的是，这次舅母和大表弟再也不敢刁难她。二表弟读过高中又当过军人，他所做的事舅母和大表弟不好干预。而且二表弟了解自己的母亲和哥哥，背回姥姥时，对他们进行了严肃的告诫。

也许是姥姥被懂事的孙子背回家中，她的心愿得以了结，感冒过后，她便不怎么进食，也没有气力走出屋门。外界的风寒不算什么，命运中一节一节的寒痛早已侵透了她这一把老骨头。

姨姨们都去轮换侍奉姥姥。在她弥留之际，五姨故意问：“妈，你看这是谁?”姥姥的目光随着五姨的手转遍她的几个女儿，都摇头示意自己不认识。当指到我时，她竟然含糊地说：“这是维华!”我当时觉得她特别逗，她连自己的女儿都含糊了，就只认得我!

其实也难怪，有时我没有告诉母亲和姨姨，给姥姥送去优等的面粉和精装的大米。中秋节，我还在市里专程买了一些月饼和糕点去看她，顺便还带给她兰州烟。姥姥是不吸烟的，但我就闹着给她点上，她就坐在凳子上用手夹着烟像模像样地抽给我看。临走时，我总给她放点钱。因为她虽然没地方花，但她的儿子每天在讨饭，讨不着顿儿的时候可以买碗牛肉面嘛！姨姨们无法理解，姥姥临终前，怎么就认识我一个。

等姥姥的眼睛不愿再睁开了，我们给她穿上了新的绸缎衣服，绣花的缎面小鞋。2006 年 3 月 6 日，姥姥睡着了，走完了她人生的 85 个春秋，结束了孤苦惨淡的一生。我一直看着东台子的乡邻们给姥姥举行了简单的家祭，将她安葬。但我没有流一滴眼泪，我见到的姥姥只哭过一次，她总是对我们微笑着，一直微笑着……

每当我遇到一些挫折和烦心事，我就想起姥姥，姥姥在那样艰难的境遇中都能微笑着活着，我有什么理由打退堂鼓呢？

第三节　狼的故事

狼给人们的印象似乎很矛盾，一面是凶恶，一面是忠诚。我这里的狼的故事是父亲和本家的堂叔们讲的，都是他们在老家铁匠石亲身经历的。

老家铁匠石的地都是山里的旱地，父亲和族人们下地劳动都很分散，什么羊洼岔、大石洼、黄圈沟，只要是山脚下坡不太陡，成片的有沙土的地方就是地。人进了沟就被大山淹没了，所以总是两人或三人结伴劳动，以防遇到不测。

其实，也没啥别的危险，天气的变化都不害怕，主要是北山里有狼出没。除了耕种旱地，族人们几乎家家都养羊。羊粪用来施肥，羊毛用来装棉鞋、棉裤，羊皮用来做皮袄和褥子，羊肉用来卖钱或过年、过事。所以羊也就引来狼在离人庄子不远的山里活动。

铁匠石和附近大井子沟的人们大多数都见过狼。狼和父辈们发生过的故事也很有意思，我听过之后，久久感慨于这种动物的精神以及父辈们和它们长期建立起来的关系。

20世纪40年代初，父亲才十几岁。地主们和有羊群的族人家家都养着狗，一方面为了看家护院，另一方面主要为了看护羊群。父亲给本家的地主放羊时，也要带上狗。然而那时没有狼犬，只是普通的土狗，身材比狼小一半呢。这种狗怎么能够和狼相搏看住羊群呢？

父辈凭借着多年的阅历总结了两种方法，这两种方法必须结合使用，家里的羊群基本能够保证放牧和圈里的安全。这两种方法都是对狗而言的。首先是选狗，每年夏季，家里的母狗产仔后，哺乳一窝小狗至40天，家长就会命令父亲和堂叔们打开地窖（地窖是冬天用来储藏洋芋的，夏天空着），将整窝小狗放进空空的窖中，盖盖时留点缝隙。将母狗拴到离窖较远的地方，免得它听到狗仔的哭闹而挣扎不休。小狗在地窖中要待够7～8天，这中间谁都不准动地窖的盖子，谁都不准看它们一眼。等时间够了，父亲和堂叔们才能打开窖盖，将活着的一只抓上来，这一只才能有资格承担为大家看护羊群的职责。

想想这个办法也挺残酷的。五六只刚出月断奶的小狗在黑暗冰冷的地窖中，没有吃的，没有喝的，最后怎么会有一只活下来呢？这就更惨了，它们饿急了，就开始搏杀，最先被杀死的就是它们的食物。刚断奶的小狗根本咬不下来同伴的肉，只是舔食它身上的水分和血液。最强壮的那只往往独霸食物，其他的要么眼睁睁地饿死，要么也成为强壮的同胞的搏杀和猎食的对象。这样既解决了家中的条件不允许养那么多狗的难题，又选出了一窝狗仔中生存能力最强，基因最好的狗仔。最终活下来的那只牙缝中沾满了同胞的血的小狗长大后才会勇敢地面对狼。

光选好狗还不行，因为土狗与狼遭遇，再勇敢也不是对手，最多是狗与夜里圈里来的狼周旋时发出叫声，人知道后起来将狼惊诧而去。如果放牧时在山里，放羊的人孤身一人又没有利器，狼就敢乱动脑子，要么乘机抢上羊，要么和狗搏斗，将狗断喉后，再叼羊。

于是，堂爷、堂叔们想了个很简单的办法，使狼在与狗的交锋中占不到丝毫的便宜。他们找来一种做鞋底用的一公分多厚的胶皮，量好狗的脖子周长后，做成了一个准备套在狗脖子上的皮带，然后从一面往另一面钉上出头一公分多长的钉子，钉尖向外，围住狗脖子，用提前上好的铁扣子扣好，这叫护圈，山里放羊的大人小孩都会做。这样一来，狼在与狗撕咬时，只要狼出现，狗就可以义无反顾地去驱赶狼，被钉子扎过的狼也会谨记教训，不敢接近狗，纠缠不过，只能远远地离开。

这两种方法的结合，使家族的羊很少遭到狼的侵害。其实，狼也是一种很守规则的动物，除非是灾年，山里没有水、没有草，也就没有野兔、黄鼠，狼又产了幼仔，这才会铤而走险去侵扰老家的领地。相反，人往往把握不好与狼的距离，有意或无意侵害了狼的利益，就会招来狼的抗议和报复。

这一年，风调雨顺，铁匠石老家的山野里铺满了往年少有的草色，山脚下的旱地里竟然也需要除去庄稼间隙的杂草。十几岁的父亲和他一般大的进义堂叔去一片离村庄较远的旱地里除草。初夏的天气很晴朗，前几天刚下过一场雨，山风吹来，让人感到一丝丝难得的潮润。父亲和堂叔除一阵子草，还要到周围搜寻一阵，免得野兔经过，错过一次打牙祭的机会。下午不到傍晚，整片地的草快除完了，父亲和堂叔看着胜利在望，相互一嘀咕，跑到半山腰上放风找野兔。突然，进义堂叔招呼父亲到自己跟前的草丛里看。父亲过去一看，原来有一个狼穴，里面很深，人从洞口探不进去，看看四周，没有任何动静，他们断定，大狼不在，洞里可能有狼仔子，他们太想看看小狼仔子是什么样。于是，一个人放哨，一个人找来一些干草垒在洞口，用火柴点着，烟顺着洞口钻了进去。

不到三分钟，两个毛茸茸的小家伙咳嗽着钻了出来。它们的行动还不太灵活，可能还没有满 20 天，和小狗崽没啥区别，黄色的皮毛略透着青灰，有男人的鞋子那么大，目光中充满了委屈和无奈，可爱极了。

父亲和进义堂叔当年也是孩子，正好玩这些小家伙，他们兴奋地不得了，赶紧把小狼仔揣进怀里，下山回到山脚下的地里。父亲拿来他们装草的背斗，进义堂叔把狼仔子放进背斗，盖上草，放在地边上。他俩抓紧时间除剩下的草，劲头足得跟比赛似的。

傍晚，他们正收拾锄头、铲子，突然传来一声嚎叫，顺着叫声一看，一头灰色的母狼蹲在它的洞穴旁，发出寻找仔仔的嚎叫。狼的嗅觉非常灵敏，显然它正在朝这片地张望。

父亲和堂叔背上背斗就走，边走边向身后的母狼张望，母狼竟然也下山了，紧紧尾随着他们，进义堂叔让父亲背着背斗走在前面，他边走边拾了一些石子，走几步，就转身向母狼扔几个石子，这时母狼就停一下。但只要他们扔完朝前走，母狼又迅速地跟几步，就是不回去。离村庄的距离越来越近，母狼一直保持五六十米跟在他们身后，父亲和堂叔走累了，坐下歇了会，母狼也停下观望一阵。如此反复，他们进了村子，母狼就守在村口不远的山脚下。

把狼引到村子边是很危险的事，但父亲和进义堂叔已被逮住狼仔的兴奋淹没了，哪里能想到这些。晚上，他俩换班守背斗，赶快吃了些晚饭，就商量把狼仔藏在那里，既能不被大人发现，又能不被母狼领走。放在狗跟前，怕狗咬死狼仔；不放在狗跟前，母狼半夜恐怕就领走了。

他俩想来想去，决定把狼仔放在进义堂叔家门边的离狗不远的墙角，他们搬来了一个有孔的水缸，把狼仔扣在缸下面，这样狗也动不着狼仔，母狼找来也没有办法搬倒沉重的水缸。大人们白天干活累了，晚上都早早歇息了，谁也没有发现进义堂叔家有什么动静。父亲和进义堂叔为他们的杰作兴奋了好一阵子，直到掌灯的时候，才猫在一起睡下。

前半夜母狼的嚎声一直不停，整个村子的狗也吠个不停。大人们能听出这只狼是不是来吃羊的，而是在抗议，肯定是它遇上了什么不幸，都打算第二天审问孩子们，看谁家的孩子惹了狼。午夜之后，狼嚎累了，可能走了，村子恢复了以往的平静。

第二天早晨，婶娘们都忙着做早饭的时候，父亲和进义堂叔到院子里搬缸，他们小心地把缸往一个方向倾斜，再慢慢放倒。奇怪的事情发生了，狼仔没有了，缸口下竟然是一个洞！他俩惊呆了，跑到大门外，洞的进口就在大门右侧的墙根下，刨出来的土简直垒成了一座小山，里面还夹杂着碎石子。要下地的大人们路过都诧异地问这是咋回事，父亲和进义堂叔只好如实交代。

二爷（进义堂叔的父亲，他不是地主，子女共十个，八个儿子，两个姑娘，户大，又有威信，所以村里的大事都听他吩咐）来了，照进义堂叔的脸上就是一个耳刮子，生气地训斥："怪不得昨晚狼叫了半夜，原来是你们这两个超娃子祸害人家狼仔子呢！天哪，狼会连群来反的！你看看这只母狼，为救自己的崽子付出了多艰苦的劳动！"

不一会儿，门口就围来了好多村里的族人，有的批评父亲和进义堂叔胆子太大，有的在感叹母狼救崽的毅力和精神。两个犯了错的半大小子，大气都不敢出，心里七上八下，像是打倒了五味瓶似的，不是滋味。

母狼救崽的故事就这样过去了，村里的人们对狼这种动物又多了一些了解，也增加了一种敬畏。然而，两年之后发生在邻村大井子沟的事情真的是一场血的教训。大井子和铁匠石都属于王岘乡，两个村子都在北山里，分别占了相邻的两个沟。平时因为联姻关系，走动较多。如果村里有大事，两个村都会通气、协作、互相帮扶。

同样是个夏天，只不过已经到了夏末，因为天还较热，老家的人们都休息得很迟。那时因为穷，条件太差，族人们都分亲远房头而共住一个土院子。一家如果兄弟七八个，就得住在一个院子里，最长的住一间正房，娶了媳妇的包括生了孩子的一家一间小屋，没成年的男孩共住一间，女孩共住一间。所以虽穷但家口很大，人住得密集，有个事一家知道就传遍整个小村庄。

快至午夜了，族人们都各自回屋上炕休息。不用点灯，不用关门，都是牧羊人和庄稼汉，摸上炕躺下就能睡着。正当人们进入梦乡，山庄也渐渐凉快的凌晨两点左右，村子里突然狗叫声大作，爷爷们，父亲和堂叔堂婶们都赶忙起身，女人们掌灯，男人们出门，几步路就到村口。只见村口来了几个人，都点着柴火把，急急地向村里赶来。爷爷们、叔叔们这才放下手中的铁锨和木棒，因为不是狼来祸害，几个人点柴火把进村一定是亲戚有事。等他们到了，原来是大井子沟的一个保长（相当于村长）和几个户主。

二爷一帮把他们让进自已家院中问询来由，保长沮丧地讲明了来意。原来大井子沟刚又遭到狼的袭击，他们刚来前查看一家养了20来个羊的圈里，三头羊被断喉至死，其中一只还是有羔的母羊。这样的惨剧已经发生了好几起了，时间大概也有半个月了，都是在午夜偷偷进圈一顿乱咬，并不是为了叼羊。他们还说来的意思一方面是来提醒铁匠石加大防卫，以免遭到损失，另一方面是让大人们查一查，有没有娃子祸害狼仔，从这只狼杀羊的行为来看，完全是报复。他们村要开会查有没有祸害狼仔的事，如果谁藏了狼仔，马上要送回去，不然这样的惨剧还会发生。

大人们的表情都非常凝重，一边的进义堂叔和父亲更是心有余悸——幸亏那次母狼救走了小狼仔，不然，铁匠石村也得遭殃。之后，大家又商量怎样给羊圈墙上加铁丝网等办法，还特别提醒要女人们看好孩子。三点过了，他们才离开，大家渡过了一个很不平静的夜晚。

第二天一早，二爷和几个长者就挨家挨户去查有没有娃子玩狼仔的事，就二十几户人，一个小时就查完了。其实，那次父亲和进义堂叔藏狼仔的事全村都知道，娃娃们谁还敢呀？二爷派了两个堂爷去大井子沟专门通报查询结果，也顺便看看那边的情况。

等两个堂爷下午回来，事情总算有了眉目。原来，大井子沟一早就开会向村民讲了狼杀羊的情况，并奉劝各家的大人千万不敢姑息自家的孩子，不然狼伤了人，就不可挽回了。孩子错了没关系，是他不懂，只要把狼仔还回去，谁也不追究。

散会以后，不到中午，就有一位父亲领着 12 岁的儿子抱着一只两个月大的狼仔找保长。那个父亲说，半个月前，娃在山里追兔子时碰到的，还以为是谁家的狗仔跑丢了，就捡了回来，一家人都当小狗给喂养，直到出了事，开完会，他们才犯嘀咕，回去找来几个大人研究一番，才发现捡来的是狼仔子……

从那天后，大井子沟又恢复了往日的平静，铁匠石的人们也深深地松了一口气。狼和老家的人们，都违犯过规则，都付出了代价。这些代价告诫双方，这一片贫瘠的山头，属于这里的每一个强大或者弱小的生命，共生才能共存。

第三章
老师的教导

“天、地、君、亲、师”这是古人所尊敬的“五圣”。师，仅次于亲之后，可见教师在一个人的成长中，作用是举足轻重的。我的父母都是没上过学的，也就是没有老师教过文化的文盲，我有幸出生在四龙这个尽管贫穷但有学校的地方。老师，在我人生的航程中，犹如一盏盏灯塔，用他们丰富的知识和高尚的人格点亮了我……

第一节　榜样李老师

全中国乃至世界级的教师楷模是孔子，他被奉为“万世之师”。我们从课本中、典籍中学习他的经典论著，继承他的教育思想，并为中国有如此伟大的教育家而骄傲自豪。然而当年，八岁入学读一年级的我，根本就不明白老师应该是怎样的。那时正值“文化大革命”结束不久，谁也没有把孔子搬出来教育人，时不时还能听到称孔子为“孔老二”的说法，我们心目中的老师当然就一团模糊，没有什么标准。

给我们在梁庄小学代课的老师，几乎没有正规院校毕业的，大多数是本村或邻村的小学、初中毕业的农民，他们在学校教书，就相当于在生产队里挣工分。后来包产到户了，这些农民教师也就作为代课教师或民办教师继续留在学校教书，工资特别低。在梁庄小学读书，我就遇到了一位年轻的民办教师——李玉英。古时候的子路、颜回做孔子的学生是极其幸运的，我为有李老师这样的启蒙老师同样感到幸运。

1981 年秋，在那个惠风和畅，天高云淡的季节，李老师作为民办教师补充到了梁庄小学，给我们二年级代班主任教语文。她是我们村一队的初中毕业生，十八九岁，中等个子，圆脸，柳眉杏眼，头发乌黑，梳着两条小短辫子。她身着朴素干净的浅蓝色小翻领制服，走起路来精神饱满。

李老师一进我们班教室，就吸引到了全班孩子的注意力。不但是因为她长相好看可亲，穿着干净大方，更因为她富有底气的洪亮嗓音和非常干练的教学态度。

简单的自我介绍后，她便打开课本带我们走进第一课《秋天》。她的范读吐字清晰，普通话很标准，而且富有感情。我们分不清是沉浸在她的朗读里，还是徜徉在秋天的稻田、果园里。她将课文中的生字一笔一画写在黑板上，注上拼音，用树条做的教鞭给我们领读，教我们组词，从课文中和词语中明白字义。

李老师教我们写字非常严格，一定要按笔顺写，要把字写得方方正正。如果哪个同学没注意听，她就会走下讲台立即提醒……秋天，在她的讲读中，是多么美好的季节，我们都因为她而格外喜欢秋天。

李老师是个特别认真勤奋的人。她从不缺课，上课很少迟到，对教科书上的每一课内容都很重视，哪怕是归类识字，她都要先给我们领读、范写。基础训练的每一个环节都让我们练习后讲解、订正。每天的写字、组词、造句等作业，她都当天批阅，从不落趟。我们的课程比较单一，几乎就是语文、数学，其他的课本如音乐、美术发下来，也没有老师会教，所以每天都有两节语文课，我们天天都能在李老师的指导和陪伴下学习。

自打李老师为我们带上班上语文，我一下子就变得爱识字、爱写字、爱读课文了，而且感到学语文特别轻松有趣，每次考试我都能得 99 分，很快成为读课文最有感情、写字最端正的学生。我的作业本上，每次都能得到李老师的“红圈”和“好”、“很好”的批语。

很快我们升三年级了，要用钢笔写字，还要学写小作文。李老师教我们握钢笔的姿势，当她用干净而细白的手抓着我们的小脏手比划的时候，我们心理暖烘烘的，同时也会为自己没有把手洗干净而不好意思。但她从不嫌弃我们，因为条件所限，我们中间一些孩子连换洗的衣服都没有，袖口和前襟常常是油腻腻、黑乎乎的。我们班有个男生父亲病逝了，母亲是哑巴，又有严重的精神分裂，所以这个男生从没有穿过整齐的衣服，不是前襟破着就是裤腿不全。每逢他的衣服有了口子，李老师都把他领到宿舍里为他缝住，有时还找来布头，给他接上裤腿……

一次作文片段练习，李老师要我们描写课间十分钟同学们的活动场面。她说明习作要求后，特意强调描写中用上“有的……有的……有的……”这个句式，并且要写出同学们玩得高兴、热闹。经过她的一番指导，我们都觉得写一段话不是特别困难的事。于是大家都开始练写。

我在文中写了“下课铃声一响，同学们前呼后拥地跑出教室。有的踢毽子，有的玩石子，有的捉迷藏，还有的跳皮筋。”我还把打沙包进行了详细的描写：“只见拳头大的沙包从空中飞来，小燕一摆头，沙包从耳边飞过。她一会儿跳起来，一会儿转身，一会儿蹲下，几个回合，都打不着她。”其实，这些游戏都是我们每天在土操场里玩来玩去的真实写照，毽子、沙包都是我们自己做的，虽然很粗糙，但我们玩得特别开心。就是大冬天，我们的手冻成了“红馒头”，也要在外面玩这些游戏。

习作很短，当堂就能点评。我们把自己的小作文交给李老师，李老师挑了几篇读给全班同学。没想到她读的第一篇就是我的。她表扬我的描写“很精彩”。同学们都用羡慕的眼光看着我，我甭提多开心了。

也就是从那一天那节课，我爱上了写作文。五年级第二学期，我和几位同学一起代表梁庄小学参加了四龙学区组织的小学生作文比赛，并获得一等奖。那一学期，李老师已经结婚怀孕，她挺着大肚子，但没给我们落过课。生完小孩两个月，她就把孩子抱到学校，住在学校，边带孩子，也给我们上课。我们在她的教导下学习、游戏，感到非常快乐充实。

老师，这是一个多么崇高的职业。一个理想，从我幼小的心灵萌生。

第二节　严厉的苏老师

俗话说“严师出高徒”，这话一点不假。提起严师，也是比较而言，我们在求学的每一个阶段，能遇到怎样的老师，是天定的，我们无法选择。我上小学遇到的两位数学老师，非常有戏剧性，后一位是严厉的苏老师，前一位是不知所云的梁老师，后一位因为有前一位的衬托，才让我们知道了严师的价值，也初步明白了老师的差别。

从我们上二年级开始，学校来了几个年轻的中专院校毕业的老师，都是男的，穿着比较时髦，喇叭裤，大皮鞋，与我们土里土气的学校极不协调。尤其是给我们教书，几乎不是同一个阶级，时兴的打扮，洋腔洋调，在校园里，我们几乎都不敢正眼看他们。

其中有一个教我们数学，他姓梁，20几岁，个子不高，头发有些自来卷，一双深邃的眼睛炯炯有神。他是新来的老师中最腼腆的，一进教室就显得满脸窘迫，好像大姑娘害羞似的。

二年级，我们还小，上数学算算加减法，都很简单，稀里糊涂写些作业。梁老师从不面批，交上去，下节课发下来，有错的同桌看着改正过来，一切似乎都顺理成章。

三年级，同样的模式，只不过作业批的越稀了，订正从来没有，好像没有数学学的差的学生，当然也从来不会有梁老师单独辅导哪个学生哪道题。我不知道数学究竟要学什么，哪些我会了，哪些还不懂，全在云里雾里。

他因为害羞，从不正眼看我们；我们因为害怕，从不正眼看他的眼睛。他因为腼腆，从不严厉地批评我们；我们因为优秀，从没有难题向他请教。没有家庭作业，没有老师的要求，我们的数学学习可以说轻松极了。

梁老师时常缺课，上课铃响，我们习惯性地等候梁老师五分钟左右，教室门口如果没有动静，我们就开始在教室中吵闹、玩耍，直到下课铃响，再到外面去玩。在我们幼稚的认知中，数学是这样学的，没什么不对。

冬天，我们早早来到学校，带着柴禾，生着炉子。有时因为柴禾不够、干燥或者放煤太早，教室里定是烟雾弥漫。如果第一节课是数学，那必定是我们的自由王国。因为梁老师迈着腼腆的步伐一进教室门，一定会捂着嘴和鼻子咳几声，还要用数学书在空中搧几下，说："呛死了，你们自己看书吧！"便匆匆离开我们的烟雾教室。其实，教室的窗玻璃，很多都是空的，冷空气不断进来，十几分钟就烟消云散了。有的值日生就抓住梁老师的特点，专门在第一节是数学课的早上生炉子造烟，呛跑他，我们好自由自在地玩闹。

四年级第二学期，我们似乎长大了些，隐隐约约感到梁老师教我们数学的不负责任，因为每学期下来，数学课本都是新的。可是那时候的学校，有书本有老师就不错了，根本就没有谁来问津老师的责任心。后来梁老师即使到了教室，都带着别的书和资料，让我们自己看数学书，而他坐在讲桌旁埋头看他的书，好像是参加什么考试。我清楚地记得，他带过一本书的名字叫《中国革命史》。

五年级升六年级时，听说梁老师顺利地拿到了广播电视大学的专科文凭，调进了一所中学，而我们全班数学不及格。没有人在意我们的数学成绩，从二年级到五年级，四年的时间，四年的数学课程，八本数学书的内容，就这样浪掷而去。

我们带着全军覆没的差生的自卑升入六年级，就剩这一年的时间了。如果毕业时语文、数学两科成绩不够120分，就不能升入初中。

幸好，学校安排苏老师接任我们的数学老师。苏老师是民办教师，我们村的，中等个子，40几岁了，宽宽的额头，眼睛小而有神，戴一副近视眼镜。他也是从铁匠石插队梁庄的苏家族人，比我辈分大得多。开学第一天的数学课，他没等铃声响完就已经站在了讲台上。等我们坐好了，他便单刀直入，分析我们全班见不得人的数学成绩。他讲话一副严肃的样子。而且忠告我们："你们如果再不努力，这么差的数学基础会耽搁你一辈子，甚至连今后买东西算账都成问题！"

听他一席话，我们才初次明白我们被耽误得有多深，数学基础有多差。虽然苏老师没有批评梁老师的意思，但我们全班同学此时都没有了对那个梁老师的丝毫的挂怀和尊敬。我们第一次因为学习成绩太差而心情沉重，"家里这么穷，又不好好学习，将来除了继承两亩地去种，还能做什么？再不下工夫，一切都晚了！"这句话久久回荡在我的耳边。

被严厉的苏老师敲响了警钟以后，我们一到上数学课，就像要打仗一样，全神贯注地听从苏老师的指挥，就连最调皮的尕超和香太也坐得端端正正，丝毫没有了一到数学课就准备大闹天宫的泼皮相。

苏老师上课可认真了，先复习和本科相关的知识，如果我们对旧的知识不清楚，他就不讲新课，先用最简洁的方法让我们明白。比如他在讲比例的性质之前，复习分数的基本性质，我们根本就忘得一干二净。他便回到除法的内容并以 $6 \div 2 = 3$ 为例，引导我们。如果商不变，还可以是几除以几？我们当然能说出很多 $12 \div 4 = 3$、$3 \div 1 = 3$……于是，他再让我们推理被除数 6、12、3 怎么变化的，除数 2、4、1 又是怎么变化的。从而得出，乘除法的商不变的性质，又从分数是除法的简写，推理出分数的基本性质，这才引入比例的性质。虽然我们虚度了四年的数学学习时光，但苏老师认真严厉的态度，解决数学问题时科学、坚韧的钻劲和对我们差班学生的不离不弃，使我们突然感到，数学的学习既重要又有趣，只要认真下工夫钻，我们都可以学得懂。

然而四年的课补起来真不那么容易，苏老师让我们将四、五年级的数学课本都天天带在书包里，遇到重要的知识点就让我们翻开书一起探讨。哪个同学如果上课开小差，不认真，他就会停下正在讲解的话题，诚恳地劝说，直到你惭愧地低下头，认识到自己的错误，他才会重新回到所讲解的内容。

冬天早晨，天亮得比较迟，当我们背着柴禾，天蒙蒙亮就来到学校准备生火时，苏老师早已来到我们的教室，那时教室没有电灯，他要么拿着手电筒，要么点着蜡烛，在黑板上列上满满一黑板巩固练习的题目，要求大家上课前做完。他布置的作业谁也不敢大意，上课时，他会检查订正的，没有哪一个说谎的表情能够逃过他犀利的眼睛。

傍晚若逢数学自习他都会当正课来上。为了给一些差生个别辅导，我们班总是看不清黑板上的字时才能放学。不知为什么，大家从不觉得苦和累，反而喜欢这样起早贪黑。全班同学在一起，和用心良苦的苏老师在一起，完成这项亡羊补牢的学习工程。

苏老师向来是严厉的，我们很少看见他笑，只要听到他的脚步，看到他的身影，我们就像老鼠遇见了猫一样，规规矩矩，服服帖帖。有些差同学松劲了，他便在全班同学中展开讨论——你长大了想要干什么？同学们对他不敢应付，都会认真地讲明自己的想法：有的想当医生，有的想当老师，有的想当军人……

苏老师听完了就会一个一个地和我们谈心："你想当护士，这非常好，白衣天使嘛！如果你学不好数学，就掌握不好用药的配比，医坏了病人可怎么办?""你想当老师，这也不错，太阳底下最光辉的职业。可是如果自己都小学毕不了业，怎么能够教学生呢?"……苏老师就这样用一整节课的时间开导大家，同时也为我们加油、鼓劲，虽然整堂课没解一道数学题，可我们都清楚地知道要实现自己的理想，要改变贫穷的生活，就必须学好数学。

苏老师的家里人都是农民，他是家里的主劳动力，平时给我们上课，星期天还要下地干农活。但他从不像别的老师农忙时就告假不来学校。即使遇上春耕、秋收抢时间的重大生产，他也要来学校给我们把课上完，还要抄下满黑板的习题作为当天的家庭作业，才会赶往地头。我们看到他这样辛苦，心里不是滋味。十几个男生放学后偷偷约好找到苏老师家的地里要帮他干活，苏老师说什么也不许，他说："你们还小着呢，大人的活吃不消。学好文化知识，以后就不要干这些笨活了！赶快回家，吃饭写作业去！"

我的数学成绩很快就赶上来，班里的同学们都很羡慕我，语文、数学都名列前茅。其实我心中暗暗自豪的倒不是我的成绩好，而是我们苏家能有这样一位认真负责、令人尊敬的好老师。一年的时间过得好快，六年级毕业前夕，我们和班主任李玉英老师、数学老师苏老师留了影，虽然是黑白的，但同学们可开心了，那是我们长这么大第一次照相，何况还是和我们尊敬的两位老师呢！我们在白银三中，也就是四龙镇的中学参加了毕业考试，我们班的成绩名列四龙镇八个村小学第一名。

老师，这是一个多么光辉的职业！一个好老师的学识、人品对一个人的成长产生的影响是不可估量的。

第三节　才子潘老师

"才子"可不是我给潘老师的称谓。一个人工作过的地方总会有一个或几个群体，"才子"是潘老师的同事们和他教过的学生们所公认的，而且，他的"才"对我的成长起到了至关重要的作用。

1986年秋，我小学毕业考进了四龙乡唯一的中学——白银三中。那年9月1日早晨，我在乡政府救济给我们家的一个麻袋中，挑了一套新一些的衣服，奶白色的，还是西装的款式。其实我穿上有些大，但别的都是灰黑色，大人穿的，只有这套又新又干净，我的心里很喜欢。爸给了我16元的学费，我揣进兜里，背上书包，喜滋滋地去三中。

从家里到三中大概要走四里多路，乡间小道，路上三三两两的学生都是去报名的，一点也不寂寞。一路上，我就憧憬着，新的校园一定啥都有，老师的学识一定都很渊博，新的班级、新的同学又会是啥样呢？

三中的校园比起梁庄小学的要大多了，一排排砖木结构的教室，整整齐齐地矗立在校园里，南边是个大操场，虽然是土的，但基本平坦。学校门口张贴的大红榜上清楚地标明我们的姓名和分班，班级的教室也用图标指示得很清楚。我被分在了初一四班，班主任叫潘延恩。我们在教导处报完到，就可以去教室等老师和课本。

走进教室，只有三四个梁庄的同学，其他的都是别的村的，教室门开着，不断有新同学进来。我们都随便坐下，等待班主任的到来。在我们的想象中，这位潘老师一定有四十来岁，高高的个头，也许还戴副眼镜，很严肃又很斯文。我们都是新同学，所以都不说话，其实心里都蛮兴奋的，都在勾画新班主任的面孔。

果然，老师的身影出现在了教室的门口。说实话，大家都有一些吃惊——一位脸上透着几分稚嫩的小伙子走了进来，中等个子，圆脸，鼻子很大气，没有戴眼镜，穿四兜草绿色军装款上衣，蓝色的牛仔裤，黑布鞋。走上讲台后，他用略带靖远口音的普通话自我介绍，自己就是潘延恩，靖远人，刚从靖远师范毕业，我们四班的班主任，给我们教代数。

说实话，我们都想问问他的年龄，我们班有几个略微成熟的面孔，都差不多和他一样。年轻的班主任讲了几点开学的纪律后，带了前排几位同学去取课本了。同学们都怔怔地坐着，偶有同村坐在一起的低头窃窃私语。我也一样，对上中学的新班主任老师充满了疑惑。

潘老师给我们上课，除了靖远普通话的语言特色外，他拿起粉笔一出笔，确实令我们又吃了一惊——一笔书法味十足的行楷板书跃然黑板之上，笔法细腻，柔韧流畅。我的疑虑顿时消了一半。他的课讲得很有条理，用图示表示“正数”、“负数”时，他分外认真，用尺子画数轴，分段也按刻度分，年轻的脸上不时流露出对我们的期待和鼓励。同学们的困惑也在渐渐打消，班里前排的几个小个子同学学习可认真了，几乎没有向旁边和后边转过头。

那个年代，大家都憋着一股劲，就是初中三年争取出类拔萃，毕业就考中专师范，这样花费少，工作早，这是所有农家孩子的愿望。我坐在后排，但也很认真，而且悄悄地在潘老师板书时学习他的笔法，我的字慢慢地成为班里最漂亮的，其他同学都不明白是什么原因。

潘老师虽然年轻，但从不像其他的青年教师一样赶时髦，他的绿军装上衣和蓝色牛仔裤、黑布鞋似乎没怎么变过，都洗得发白了。他话不多，一副持重的样子，连表扬我们都很简要。偶尔我们攻破了难题，他忍不住笑起来，嘴里说："这下就对了嘛!"他的笑容，确实是憨得像娃娃一般。

时间一长，班里的同学和潘老师也熟了起来，调皮捣蛋的男生也隔几天一件小小的违纪，让班主任断官司。不论是什么纠纷，潘老师总是先对大家说："这么点小事还找老师，互相理解就过去了，有时间用在学习上，哪来的是非?"

农家的孩子其实都很憨厚，老师这么一讲，也不论谁长谁短了。当然有特别捣蛋的，拿上弹弓射这个射那个，射碎教室的玻璃就为了听那个"哗啦"一声，射破教师办公室的玻璃就为比谁的胆子大。潘老师没有在教室里公然批评过这些"草莽英雄"，但他们被请进潘老师的办公室再出来后，样子像放了气的皮球，而且谁也不愿透露老师"收拾"他们的过程。

那时的教学很单一，除了运动会，活动很少。为了调节大家的学习生活，春末夏初，潘老师组织我们骑上自行车，从学校出发，沿黄河而下，到北湾的一个老渡口，游览黄河美景，在渡口乘坐渡船，感受横渡黄河的兴奋与喜悦。潘老师还给我们教了一首《中国人之歌》："站着，咱是一座山，倒下，咱是一条河，亿万座山，亿万条河，联合起就是当代中国……"后来，在全校歌咏比赛中，他亲自指挥我们唱了这支歌，我们班荣获二等奖。我永远都记得他铿锵豪迈的教唱和充满力量的指挥。

我们上初二的第二学期，也许是因为学校开始重视艺、体教育了吧，潘老师突然不再担任我们的班主任和数学老师，而是改教我们这一年级的美术。全班同学都很失落，但那时候人的情感表达都很含蓄，甚至不敢表达真实的感受，同学们谁也没有议论过老师的长短，也没有说出一句对他的留恋。

大多数的学生都把美术当作辅课，再加上小时候没上过，没任何绘画的基础，所以几乎没有人用心学这门课。潘老师要给大家上美术课，我们大部分学生买来了纸和铅笔，先摆开真的学画的样子，以示对他的尊重。我们能学会吗？潘老师画画水平咋样？我们啥都不懂，他怎么教？学美术有啥用？一系列的问题都在我们的脑子里打转儿。

第一堂美术课，内容是静物素描的基本知识，潘老师带来一个篮球，摆在讲桌上。他先引导大家观察球体的形状特点，光线射来的方向，形成了几个层次的面，哪些是灰面，哪些是明面，哪些是高光点，哪些是暗面、阴影……接着他拿粉笔示范素描拿铅笔的姿势，并在黑板上演示了这种姿势画线条的方法。然后他开始边讲边范画，让我们认真看着他的构图和运笔。没有圆规，他一笔下去，圆得不可思议。他轻轻用粉笔分了球体的几个面的界限，勾勒出阴影，就开始用线条表现不同的面。一根、两根……紧密排列又不重叠，运笔自如，线条细腻，十分钟左右，一个栩栩如生的篮球便亮相在黑板上。因为老师用的是白粉笔，所以画的感觉清晰又滑稽，明暗面正好是黑白颠倒。全班同学目不转睛地盯着老师的粉笔头，佩服之情油然而生。

就是因为这一节课，我对美术产生了浓厚的兴趣——小小的线条原来有如此高超的表现力，真是妙不可言！当堂我们的作业也是画篮球，我按老师的教导构图，分层次，描线条，专心得忘记了一切。下课时，我也坚持把没完成的作品认真描完。

两天后的美术课上，潘老师带着他阅过的我们的作品来到教室。只听他说："上次的作业，咱们班有一位同学完成得非常出色，这说明，咱们农村的学生也可以学好艺术类课程，也可以发展自己的特长。"说着，他双手举起了那位同学的作业，我一看，是我的！同学们都用惊喜的目光欣赏我的作业，潘老师也举着作业向大家讲评。虽然我有些害羞地低着头，但心里确实很激动，没想到，我们的运气这么好，遇到多才的潘老师；没想到我这个穷学生也有机会学习画画，而且第一次作业就被老师肯定。

后来的美术课，我比先前更加认真了。潘老师从没缺过课，每节课都带不同的静物或石膏像，让我们细心观察，认真构图，细致用笔。他在黑板上黑白颠倒的范画总是那么自然、逼真，即使不喜欢画画的同学也没有在课堂上捣乱过。我的每一次作业几乎都能得到老师的表扬和点评，对绘画的兴趣也逐渐浓厚。

但是，我们学习画画也有很大的局限性，比如学过一个单元的静物素描，进入水彩、水粉基本技法，就没那么流畅了，大多数同学没有条件购买画笔和颜料，尽管一盒颜料才几块钱，家里也无法持续供应。潘老师为我们示范的画笔和颜料也是自己买的。我同样是没有条件的，但我仍然很庆幸，因为有潘老师教我们画画。

潘老师说，靖远师范的学生都要选修一门体艺课，毕业后除了会教语文、数学，也能兼音、体、美。我就想：初中毕业后，我能不能考上靖远师范呢？因为潘老师的教导，让我确定了将来当老师的理想和方向。靖远师范，成了我向往的地方。

中编

村小之路与人生境遇

第一章
靖师的培养

第一节　坎坷求学路

上了初中，我发现自己长大了，能挑动满满两桶水。父亲和母亲也说我个子长了，力气多了。我知道他们的心思，他们都50几岁了，盼我早点长成大姑娘，好给我招个女婿娃。邻居们见了我都夸我出落大了，还有村里有两家弟兄多的，比如高伯伯、李婶子，就爱经常来家里和父母亲寒暄、扯磨。父亲虽然没文化，但也希望我读完初中就招个女婿共同来支撑这个家，只是他对高伯伯、李婶子总是能不卑不亢地讲明白："你的娃麻利着呢，我华子还念书着哩，等初中念完，咱们再扯这个事"。

父母亲过日子的艰辛，和别的家还不一样。别人家该春耕了，儿子开上拖拉机，爸妈媳妇、兄弟姐妹一大伙，犁地的犁地，撒肥的撒肥，一天就能耕几亩地。我们家呢，没有拖拉机不说，母亲又是病号，全靠父亲、架子车和我。我小时候，身体太单薄，只能给父亲做伴儿，拔一小篮子草，拾麦穗。

我上三年级那年，包产到户抓阄分菜地，我们家分到的菜地里有五棵苹果树，父亲可高兴了。那一年初夏，我们一家人在菜地里栽了茄子、辣椒、西红柿、莲花菜、豆角苗，我提个小桶桶勺上渠里的水，挨个儿给它们浇足水。苹果树上的小果子已经有指头蛋儿大小，绿绿的、亮亮的，像一个个调皮的袖珍娃娃。父亲用架子车拉来七八根长木椽子，在地上挖了四个深穴，栽上木椽，搭成了一个人字形的棚架，然后在上面盖上沥青毡，里面支一块木板，一个窝棚就做好了。

从此以后，父亲白天去砖瓦厂装窑，晚上就住在窝棚里守菜守果子，直到秋天苹果熟了。每年八月十五前后，我们便会全家出动摘苹果，父亲联系好城里亲戚的单位收购，就可以一次性卖掉，如果联系不成，父亲就一筐筐把苹果全部背回家里储藏在窖里，冬闲了再用上自行车驮到北湾、平堡、古城、高崖一带走村串户叫卖。

我上五年级就学会了骑自行车，星期天，我让父亲到邻居家借辆自行车，也驮上一小筐苹果，骑车跟着父亲去叫卖。在我上三年级的时候，父亲就教我认会了秤。每年暑假，我都在果园里度过，不仅看护苹果，还让父亲把摘好的满筐的茄子、辣椒、西红柿帮我提到离菜地不远的公路边的树荫下，我拿着秤和小木头板凳坐在路边，等一些住在动力厂的工人和过路的城里人来买。有时候，卖到太阳落山筐还满着，有时候，傍晚不到就全部空筐。每天晚上我把角以上的整钱都上交父亲，分分钱就给自己攒下来，买作文书、钢笔、本子等。

虽然，为了这五棵苹果树，父亲付出了更多的辛劳，但那时候能靠种植果树贴补家用的农民确实很少。种田只能解决吃的问题，即使有存粮，过惯了穷日子的农民也还是舍不得卖，都会存起来，以备灾荒救急之用。我家的五棵苹果树，父亲如此用心地守护，可以让我有衣服穿、有书包背，让我上中学有学费。我也因此学会了摘苹果，用干草熏蚊子，卖菜卖果子。

我知道父母亲在我读书的问题上很矛盾，如果我读得不好，就回家招女婿种田，可我身体单薄多病，他们怕我吃太多苦；如果我读得好，能考上中专师范，就会有工作，比种地轻松，但是那就不一定能分配到四龙，他们不能常常见到我，只有我一个孩子，太让人牵挂。

我心里暗暗下决心：我一定要努力读书，考上靖远师范。因为靖远师范毕业后是定向分配，从哪儿来的，回到哪里工作。这样，既可以跳出农门，又可以回到家乡照应父母。于是，除了帮父亲种菜看苹果，我也拿起了镰刀割麦子。

洞子沟的麦地离大路有一里多远，我和父亲把割下来捆好的麦秸一捆捆摞起来，再用绳子索在一起，坐下去，将绳子套在肩上，深吸一口气背起七八个麦秸站起身，沿着窄小的田埂，蹒跚着一趟一趟背到路边，再装到架子车上，用绳勒结实，父亲在前边拉，我在后边搡，一车车拉回家。

等到我们父女俩收拾完全家五亩多地的麦子，别人家早已晒干了麦子准备开碾了。父亲背麦子可狠了，一次捆上十二三个，我只能捆五六个，一天下来，肩膀上全是绳子勒的紫黑色的血痕。我回家换衣服时，从不让母亲看见，怕她掉泪。

为了我的理想，我和父母一起努力着，日子过得紧紧凑凑，我的学习也还行，很轻松，初二第一学期期末考试成绩全年级 160 名学生中排第 14 名，考中专师范也很有希望。然而上天给你希望的同时，也会用各种挫折折磨你。我付出各种劳动锻炼身体，甚至还参加学校的环乡赛（3000 米）长跑，来弥补自己先天骨骼细小、体质较差的不足。但在初三第二学期还是因为一次小病拖成重疾导致休学。

那年春天风很多，再加上虽然北方的春天节气到了，但实际上冷得很。我将母亲缝制的又肥又厚的棉衣减了，换了一件救济袋里的旧毛衣，一方面是春天还穿棉衣有点热，体育课也不方便，另一方面也是因为这个年龄的女孩子虚荣爱美，长这么大就没穿过毛衣，所以就急着换上政府救济的城里人捐赠的旧毛衣，也算有毛衣穿，多时髦！

却不曾料到穿上毛衣的第二天上午突然降温，我在课堂上就开始咳嗽。当时也没在意，后来两三天持续咳嗽，晚上回家，母亲为我准备了那种褐色的甘草止咳片嘱咐我喝，但一周后都不管用。后来我利用星期天去李大夫家看病，李大夫开了些西药，叮嘱我感冒有点重了，不要参加剧烈运动，穿暖和。第二周，星期一晚上我把毛衣又换成棉衣。但奇怪的是药也吃了，衣服也加了，咳嗽非但没有好转，反而越咳嗽越凶。

我上课时强忍着，怕咳嗽得太连影响老师和同学，可是一旦忍不住，咳起来就没完没了，快中午时，竟然咳得恶心吐白沫。我觉得头重脚轻，天旋地转。老师停下讲课，询问了我的情况后，让邻座我们村的女生九叶送我回家。没想到，我这次咳嗽居然持续了近三个月。

父亲、母亲又要忙着种田，又要抽空给我寻医问药。我不但没能像往年一样翻地、散粪、拉种耧，而且吃药打针花去了上百块钱。眼看到夏天了，我还是见风就咳，稍微有冷热变化就咳，肚皮都因长时间咳嗽而一动弹就疼，人也越来越消瘦。

父亲到处打问，终于找了个偏方。他去乡上的卫生院买来了半斤“一百号”，就是药用的干大烟花，每天抓两大把加两碗水煎20分钟，滤出汤让我喝。那种滋味真的好苦，比我喝过的任何一种中药都苦。看着父母为我的病奔波，我只好强忍良药苦口，每天每顿都坚持喝，甚至自己去煎。

苍天不负有心人，这个偏方还真的管了用，喝了十天左右，我咳得比以前轻多了。等这一场莫名其妙的病过去，我上学走那几里路都困难，落下的课也有三个月之多根本没办法补。老师们都建议我休学，在家恢复好身体，温习学过的功课，来年接着上。

岁月的剑就这样在我刚刚起航的船帆上，轻轻地一划，留下了一道褶皱，理想的小船被搁浅了一年。那时候，我还不懂什么叫“蹉跎”。

第二年，我又要跟本来比我们低一级的班级上初二，好心的王兆祥老师收下了我，他知道我家的条件差，没跟我收学费。我又一次暗下决心要努力学习，初中毕业考出去。当时三中的初中生，全部都是抱着初中毕业就考出去的希望读书的，哪怕是学习差的，都要重读再试，直到实在觉得自己没劲了，才能罢休，回家务农。我不知道理想中的靖远师范究竟离我有多远。从小到大，因为看姥姥，我只去过白银，靖远县城的方位在四龙东边，据说坐客车要两个多小时才到。对于一个15岁的农村学生来说，车票很贵，路途很遥远。

然而我向往靖远师范，靖远师范却不知道我的心思。两年后，我在中考预考中（只录取年级前20名）以16分的差距落选。梦想中的靖师以高昂的资格推我于门外。也许正应了那句哲人的话：得到的太容易，就不会珍惜；来之不易的，才是最珍贵的。我的成绩上市一中高中绰绰有余，但那个年代的农村，上高中的寥寥无几，一般家庭的孩子和家长都不知道“高中”是啥意思。父亲和母亲既失落又踏实，失落我没机会上中专院校改变农民的命运了，踏实的是可以天天看见女儿，一起劳动，一起生活。可是他们不知道，我并不死心。

1990年暑假，我们那一级有十几个拔尖子的学生相继考上了中专师范，我的心中有一种说不出的酸涩。同样惆怅的还有和我很要好的转叶、聪子、育生。她们相约到我们家的果园里，几个青涩年龄的女孩子怀着对生存、求学的种种疑惑，互相讲述着自己的家庭状况，人生理想。快傍晚时，聪子竟然提议，明天骑自行车到寺儿坪的佛寺里去抽签，我们几个前途未卜的女生都同意了。

第二天早晨，我们骑自行车到三中门口会合后，向寺儿坪出发了。一路上，我们经过北湾、古城、高崖，约有20公里，公路旁都是农民的房屋。高崖下去，公路的南面一下子开阔了，全是稻子地，正是稻子鼓粒的时节。稻穗在微风中轻轻摇晃，绿盈盈的。我们的疲惫似乎也被这一片生机冲淡了。稻田旁由西向东有一条沙路，直直地通向一座山门，那就是寺儿坪的佛爷洞。这座寺院是我们这一带比较有名的佛寺，因儿洞石窟而得名，村里人都传说这儿的签特别灵。

我们下了车，育生满头大汗，我们都笑她长得有点胖，她掏出手绢边擦汗边笑："你们几个瘦猴，让我追得气都断了。"我们索性推着自行车缓着气往佛爷洞走。说实在的，我都累得嗓子要冒烟了。父亲的红旗自行车又大又重，我的腿只能勉强够着脚踏板。

到了院门口，我们心中都怪难为情的，从小到大，还是第一次进庙。我知道庙里都是供奉佛祖的，进庙必须尊敬虔诚。门里边有一位穿着蓝色长袍的女僧人，五六十岁的样子。她用浓浓的靖远口音问我们从哪儿来，并指了指院子里面上山看石窟的路口。

寺院不大，几乎没有游人，只有十几个闲来敬香的本地老头老太太。我们先上半山看了几个洞窟，也没弄懂里面塑的佛爷是谁，就下山来到正殿。有一位老汉守在殿里打发香客。我们每人都敬了一炷香，然后向老汉说明求签的事。老汉从供桌上拿过来签盒子，让我们一个一个来抽。大家你看看我，我看看你，不知怎么个抽法。老汉说："跪下拿上盒子摇。"

我还是第一个来吧，毕竟我在班里是学习委员，这个头是要带的。我跪稳当，双手抱住签盒子，开始一前一后摇，可摇了好一阵子，没动静。老汉说："使点劲!"我加大了摇盒子的幅度，没摇两下，只见一只薄薄的像筷子一般长的竹签窜了出来，飞到了供桌下。老汉连忙拾了起来，看了看，脸上带着微笑递给我："哎呀，你运气不错，抽了个第一签。"我根本不懂第一签是啥意思，等她们挨个儿抽完，老汉让我们记住自己的签号，到门房找另一个老汉去解。

我们怀着虔诚的心情，向供桌旁的功德箱里每人布施了五角钱，然后来到院中门房，依然是我带头说自己的签号。解签的老汉年龄很大，胡子都白了。他和蔼地问我："你要求什么，娃娃?"我告诉他："问考学的事。"老人家笑了笑说："第一签哪，学你尽管去上，功名必得。"我听了心里很舒服，但我清醒地知道，竞争太强了，招录名额又少得可怜，谈何容易!

育生、聪子她们抽的签不太好，解签的老汉还鼓励她俩："命是定的，运是转的，说不定一年后你的运气就转好了!"听起来也很有道理，我们都报以微笑，离开了寺院。回去的路上，我骑自行车比她们几个都带劲，脑海中不断浮现解签老汉的话："学你尽管去上，功名必得!"

我在果园里又度过了一个彷徨不定的暑假，眼看要开学了，我不得不向父母表明我要再读初三的心念。父母很高兴，鼓励我："再试一年，就是考不上也不后悔，农村种地太苦了，爹再供你念一年。"我和好几个想要复读的同学一起到三中，要复读得校长点头。

我们壮着胆子找到了正在学校花园里干活的武校长，说明了想法，可是武校长没有答应，而要我们上职业高中。当时三中撤了普高，成立了职业高中，开办养殖、种植、电机维修班，但师资力量不行，成效不好，学生都不愿上。我们向武校长求情下话，也没有得到应允。无奈之下，和我一起的几个同学都商量要去河对面的平堡中学读初三。

我回到家里，说不出的沮丧，天下第一签的精神信念减了大半。母亲问我报名了没有，我只好如实交代。父母亲都不认识学校的大小领导，说不上情。母亲提起了兰州的五姨，我又抓住了救命稻草。

五姨当年由母亲介绍给父亲的远堂弟兄——苏家本族的地主家我堂六爷的儿子苏进海，排行十二。当年土改后，他家成分不好，虽然我这个十二堂叔从小读书考了大学，但因为是地主娃子，没人敢给提亲。那些年我舅母当家逼着两个小姨出嫁，其中大点的就是五姨。我母亲为了帮妹妹早点从娘家解脱，斗胆将五姨介绍给了地主家的堂小叔子。没想到堂叔大学毕业后分配到了兰州六中任教，婚后五姨也随十二叔到了兰州西固，在学校干临时工。我可以拜望十二叔到他们学校借读一年，毕竟城里学校教学质量好。母亲和父亲商量了半夜，觉得于情于理都能行通，我心里重新燃起了求学的希望。

第二天，母亲为我收拾好衣物，打了一个小包裹，把五姨留下的地址和乘车线路给我装在兜里，没有联系电话，我们虽然有地址，但谁都没有去过。父亲说他当年牵着毛驴步行去过，地主家我那个堂爷爷骑在驴上，直到把人家送到兰州学校，回来时父亲就可以骑驴了。

我这回上兰州坐公共汽车方便着呢——从四龙搭“招手停”到白银汽车站买上兰州的票，坐客车到兰州西关十字，再改乘104线小客车到西固兰炼终点站，往回走100米就能看到兰州六中了。

那天上午九点过点儿，父亲和母亲在村口的路上千叮咛万嘱咐把我送上小客车。我抱着包裹，一路辗转来到了省城兰州，面对熙熙攘攘的人流、林立的高楼大厦和穿梭而过的车辆，我的心紧成一团。已经中午过了，我坐在西关十字的车站边上，从包裹里拿出一块母亲临走时装的干粮，啃了几嘴，没有水，我得使劲咽。车站上有几个卖饮料的摊点，可是我想，坚持一下就到西固五姨家了，不能乱花父母的血汗钱。

我在车站坐上104线的小客车顺利地来到了西固，到站下车已经三点多了。来到了六中门口，我向门卫说了十二叔的名字，门卫指给我教学楼一边家属院的门。我进去一看，是一排排平房，打听了一下就在第一排最后一家。我在门口喊五姨的女儿娟娟的名字。

正好是星期天，五姨一家都在。他们对我的到来表现出热情而意外的神色。我边和他们说家中的事，边注意到五姨家挺大的，房子挺多，心里免不了踏实多了。晚上吃完饭，我才张口说明自己想借住他们家，在六中读一年的想法，我期待着十二叔爽快地答应。十二叔的表情一下子不那么自然了，他良久不吭声，我的心顿然跌进了万丈深渊。十二叔沉默了一阵讲出了他的苦衷，原来他的亲妹妹和亲侄子都住他家里上高中，这样就很拥挤了，没法安排我。

那一夜，我和小堂妹娟娟住在一个屋，看着她甜甜地睡着，我的心中却翻江倒海般不能平静，一夜无眠。第二天早上，我继续抱上我没来得及打开的小包裹，向他们一家道别，一路辗转，下午三点多回到了四龙家中。父母对我如此快去快回大吃一惊，听了缘由后，也没再说啥。晚上，我起先睡不着，可毕竟上了趟兰州折腾累了，又一想，不念书了，招女婿种地吧，竟然酣然入睡到大天亮。

1990年9月1日早上，这是学校报名的日子，我懒懒的不想洗脸，吃了两口饭，就打算跟父亲到玉米地里拔草，不再提上学的事了。吃完饭的父亲，坐在院子里抽着旱烟，一根烟完了，他叫我把自己的被褥准备好，说要带我去白银二中上学。父亲的表情非常严肃，好像有十分的把握。

我们坐上公共汽车到白银，又转乘1路公交来到白银二中（原王岘中学）。从父亲打听的方向我知道，原来父亲要找的人就是当年牵着毛驴送往兰州读书的我那个尕爷爷，他兰州师专毕业后一直在二中任教，都已经快60岁了。我们在最里边的小院子里见到了他们一家人，没想到，尕爷爷非常慈祥热情，即刻就收留了我，说上初三的事没问题，住校也没问题，先让我暂时住他家里，等顺利开学了，他找后勤领导安排我住校。难怪父亲这么有把握，他们主仆还是念旧情的，那种艰难年月，虽然身份不同，但也算共同患难。我读书的事终于有了着落，父亲放心地走了，我成了二中的学生。

那年，二中招了一个初三复读班，我就被尕爷安排到这个班里。正逢建设学生宿舍楼，学生住宿非常紧张，全校住校女生共200多人，被安排在学校的大礼堂里住宿。床铺为大通铺，有十几排，中间一个过道，每个人只有一尺五宽的床位，被子叠得小小的都挤放在一起。一到放学，200多个女生全部来到礼堂，叽叽喳喳的声音一直要持续到晚上的十点熄灯时间。

灶房在礼堂的右侧，我买饭时隔窗往里一看，一个口径约三米的大铁锅，几个教师的家属在机器上压出筷子粗细一般的面条，扔进水开的大锅中，一个女人拿一把大铁锹，在锅里搅拌一番，几分钟后，往锅里撒几把盐，再搅一番，就开始收票打饭了。我吃了两顿，面条子厚得嚼都嚼不碎，就再也不敢上灶了。母亲每周就烙好干粮，准备好咸菜，带给顺车熟人。就这样，在二中上学一年，我几乎没有吃过热饭，一日三餐都是馍馍咸菜。

大概在礼堂里住了一个多月，二中的学生宿舍粉刷完了，我们便搬了进去。同样是通铺，两层，每间有 15 平方米，住 16 个人，每层八人。放学，我们有的挤在下铺床沿上吃饭，有的索性站着吃，16 个人熙熙攘攘好不热闹。一个星期下来，我们发现，所有人的被子都是湿的，床铺一股霉味。原来刚建好的宿舍，根本就没晾干。住宿的都是农村几个乡的学生，为了努力一把跳出农门，谁能顾得了这些呢！

我们这个复读班大都是穷孩子，和我一样光吃馍馍咸菜的就有七八个。我们的班主任姓郝，对大家要求极严，甚至到了苛刻的地步。他也是穷家出身，深知我们复读的目的。他把自己办公室的钥匙给了我们一帮住宿的学生，让我们下晚自习后，再到他办公室去学习。

记得有一次，我们在他办公室学习，有个男生郝相鹏站起来转了两圈，说了两句俏皮话。郝老师正在门外偷听我们的动静，突然推门进来，把郝相鹏抓了个现形，还边批评边拿起笤帚照相鹏的屁股上就是几下子。“叫你在办公室学习的，不是闲谝的！”吓得我们大气都不敢出。但从心底里，我们都是爱戴他的，他是为了我们才较真的，打两下子又算的了什么呢？

在表叔李存全（他当年是王岘学区校长）的帮助下，中考前我拿到了考中专的指标，又高兴又矛盾，因为我的目标是靖远师范，我要当老师。世上的事情总是非常凑巧的，我们班郝相鹏拿到的是考师范的指标，他却想考中专，因为他说自己是色盲，师范招录体检眼睛这一关他根本过不去。所以我们两个一块儿商量过后，私下里交换了志愿表。

正式考试的那一天，天气格外晴朗，由于激动，当时的一些细节我很快忘得一干二净。后来去体检，郝相鹏果然是色盲，我的身体一切正常。1991 年 7 月下旬，靖远师范招生的领导和老师组织我们参加音、体、美专业考试，我买了根铅笔报了美术。考试的内容有三项：钢笔字、主题画、素描暖水瓶。钢笔字不用说，主题画也不难，素描暖水瓶这不正是我的强项吗？潘老师的教导历历在目。当我完成作业交卷时，收卷老师都多看了我两眼。

我们那一代学生，农村来的可以说没有任何特长，师范组织的专业考试成绩都极为平常，只做一个培养方向的参考，加分很低。然而就是这平常的极不起眼的专业考试，决定了我的命运。

试后第三天，我以专业考试美术白银区第一名（95 分）的优异成绩被靖远师范特别招录。当我听到这个消息，特别想把喜讯告诉潘老师，可是一切都时过境迁，潘老师已经调离了三中。我的同学郝相鹏也被靖远煤校录取了，我俩的志愿表换得各如所愿。我们全班有 16 名学生被中专师范院校录取，在全区来说都是罕见。

想起前一年暑假我们几个女生在寺儿坪佛寺抽签的事，心中不免感慨：冥冥之中，老天真的在眷顾我们这些穷人家的孩子！

第二节　靖师的俭朴生活

1991 年 9 月 1 日，父亲送我到靖远师范报到。当年的靖远师范，可以说是全白银市唯一的师范院校，在甘肃省也小有名气。这所多少学子梦寐以求的高等学府，终于向我敞开了大门。

靖远师范坐落在靖远县城正街中段东边的师范巷里。巷口有二三年级的学生迎接新生，他们带我们报名、领生活用品、当月的饭票和菜票。一进门正面那栋楼就是教学楼，校园中间是操场，最里面北面是男生宿舍楼，东面是女生宿舍楼，西面是大礼堂和灶房。直到把我们安顿进宿舍，几位校友才离开。

我们新生的宿舍在 1 楼，房间大概有 20 几平方米，五个高低床，住九人，有一个高铺空着，以便放大家的东西。进门靠墙角摆着一张桌子，专门用来放大家的餐具和洗漱用品。父亲帮我铺了毡和褥子，就到中午了。我带上饭菜票、饭缸子去灶上打了一元钱的莲花菜和两个馒头。也许是第一次吃这儿的饭，心情又好，我和父亲都吃得津津有味。下午，父亲趁早回家了，我开始了靖远师范的新生活。

学校给新生上的第一堂大课就是 40 天的军训，三合舟桥部队的战士担任我们的教官。九月的天气还很炎热，我们四个班的学生从早到晚都在教官的口令下学习队列队形、正步、军姿、口号，整个校园里响着“一二一”的口号和步伐声，操场里不时扬起一片片浮土。

我们四班的教官是个年轻的战士，从来的第一天到军训结束都没见他笑过。练正步时，我们班的一些同学做的不到位，他便命令我们在火辣辣的太阳底下站了20分钟的军姿。汗水顺着额头淌下来，脸上像有毛毛虫一样痒痒的，我们还是忍住没用手去擦。

一到放学教官命令解散的时候，四个班近200人，争先恐后冲进宿舍拿家伙排队打饭。谁都饿，体能消耗极大，排到后面极有可能就没有饭菜了。所以大家吃饭的积极性不会遭到其他老师和同学的鄙夷。

我们四班有位姓孙的女生，长得白白胖胖，特别开朗。军训时教官师范的动作，因为过于认真而显得有些滑稽，那个女生就忍不住“咕咕”的笑，年轻的梁教官顿时一个大红脸，逗得我们全班都忍不住“咕咕”笑个不停。

梁教官并没有批评那个女生的意思，定一定神，大声喝道：“不要笑!”继续认真地示范他的动作。绿色的军装映着他黑红的脸膛，帽檐边上渗着细密的汗水，每一个立定、转向和蹲下的姿势都是如此的不折不扣。我们不敢再笑了，跟着他的口令一遍一遍地练，直到做得合乎他的要求。

军训内容还有一天的内务整理，梁教官来到我们的学生宿舍，挨个儿把每个同学的饭缸按缸把儿和桌子、墙角形成45度角整齐排列。因为我们的饭缸是学校统一配发的，大小、形状、颜色都一样，经他这样一摆，饭缸子像列队的士兵一样，整齐划一，让人忍俊不禁。梁教官还把下铺每个同学的被子铺开重新叠成方的，用小板凳压了又压，再用手按出棱角。宿舍里所有的东西都要放到该放的位置，大家都有的如脸盆、牙缸都得排队。经过他的指导，我们的宿舍焕然一新，虽然简陋，却让人感觉到一种军旅的简洁和生机。

一个月后，剩下的十天我们按检阅的形式和线路进行队列队形的系统操练，舟桥部队的参谋长亲自来学校进行动员讲话，鼓励我们刻苦训练、迎接检阅。我们的口号声从响亮变得厚重；我们的步伐从整齐变得掷地有声；“为人民服务”的回答从干脆变得铿锵而坚决……我们的皮肤黑了，但油光发亮；我们的身体瘦了，但精悍有力。

40 天的军训生活是靖师给我们上的最有意义的一课，胜过多少篇文章、多少道习题。当我们身着校服，迈着齐刷刷的正步，昂首走过主席台，向首长和校领导、教师敬礼，喊出那句震撼心门的“为人民服务”时，我们热血沸腾，豪气冲天。那一刻，我们心中澎湃的不光是一个师范生的自豪感，而且也是一个肩负民族希望的青年的使命感。

军训结束了，我们开始了宿舍、教室、食堂三点一线的学习生活。国家每月供应我们每人 30 元钱的饭菜票，女生大多数都够吃了，男生大多数不够，需要家里接济来补买饭菜票。我的身体是同学中较瘦的，按理吃得不多。但在师范不知为啥，总觉得吃不饱，中午等不到放学，肚子就饿得“咕咕”叫。下午课外活动就饿得心都乱了，偷偷溜回宿舍带上饭缸去教师家属私开的小灶上吃凉面或者糁饭。这样下来，每月的饭菜票也吃得精光。

早上一个一毛五分钱的杂面饼子，虽然颜色有点儿黑，但咬一口有很浓的面香味，还很酥松，就着白开水吃起来很快。早操后只有十分钟的早餐时间，吃它是最合适不过的。中午有馒头、米饭、炒菜，通常都是水煮莲花菜，洋芋丝里面极少碰到一片带着猪皮的肥肉。

因为没有餐厅，大家在食堂的窗口打上饭菜到宿舍里，两个两个坐在下铺的床沿上，一只手端着饭缸子一只手拿筷子，像是在比赛似的，边吃边说这说那。这种气氛即使喝冷水都是热乎乎的，别说是有饭菜了。

冬天最冷的时候，我们依然争先恐后排队站在食堂外的空地上，跺脚哈气，顶风冒雪，等待队伍向窗口挺进。

靖远师范也有很多项奖励制度，比如每年评选的十名优秀学生会、团干部，每人发十块钱奖金。全校的学生百分之八九十都是穷娃娃，尤其是出类拔萃的都因为家穷才在各方面极其努力。所以奖金也能公平地发到那些勤奋学习、积极锻炼的穷而优的学生手里，既能起到鼓励的作用又能帮助他们吃饱饭。

对我而言，比起拎着筐子卖菜卖苹果，还是靖远师范的奖学金挣起来比较容易。上到二年级时，我既在团委担任副书记，又主持节目、主编团报、主播校园之声。那年我把奖金带回去交给了父亲，让他们平时买药看病。父亲和母亲惊喜地不敢相信：学生念书都从家里拿钱，哪还有从学校往家里拿钱的？

记得我上三年级时，一年级新生中有位姓王的老乡，他家情况也很差。那年学校举行运动会，3000 米长跑报的人不多，他为了挣前三名的十块钱报名参加了，而且奋力拼搏，跑了个第三名。十块钱的奖金拿到了，肚子吃饱了，可因为平时没训练过，腿上的肌肉跑伤了，一周多走路都又瘸又拐的。大家和他开玩笑时他仍滑稽地说：“还是划得着的，一个月能吃饱呢!”

虽然学校的条件有限，但管理有条不紊。统一着装，你就不攀比；统一吃饭，你就不贪嘴；统一熄灯睡觉，你就不胡思乱想……什么都欠着点儿，让人永远都保持着一种不知足的劲头，想要把学习搞好，也要把身体锻炼好，还要把自己选修的技艺练扎实，甚至还要把自己在学生会、团委的兼职工作干好……这样既锻炼了才干，又解决了吃饭，岂不是两全其美!

第三节　靖师的学习成长

靖师的三年，是我人生中的巨大收获，奠定了一个农村学生实现理想、做人、做事的所有基础，也让我饱吃了三年知识和技艺的大餐。

2004 年，我应邀赴母校靖师参加了校友交流会。那两年因学校招收的师范生都是考不上高中的学生，底子本来就薄，再加上师范毕业后不分配工作，前途渺茫，所以学生在校表现太差，理想信念淡薄，学校办学面临瓶颈。因此学校邀请两位知名校友为在校师生进行演讲式的交流，鼓励他们奋发向上。

我就是两名知名校友中的一位，当时我是四龙镇金山小学的校长。那一天，我在母校大礼堂的主席台上真诚、热情地回顾了三年的学习和成长。

靖远师范有一支师德高尚、多才多艺的教师队伍，他们用实际行动践行着“身正为师、德高为范”的师者信条。

我们的数学老师姓尚，是位漂亮的少妇，她给我们带完一二年级的高中数学后，继续带三年级教材教法。她皮肤白皙、体态丰盈、柳眉杏眼、嘴巴小巧，平时穿着也比较时兴。她给我们上课，全班同学没有一个打瞌睡或开小差的。一来是她讲课认真、板书也很整洁，二来是她漂亮的长相、优雅的举止、时兴的打扮吸引了所有同学的眼睛。她给我们当老师一直是脚踏铃声进教室，下课铃响了才组织下课离去。

然而到三年级后一学期的一天第四节课时，上课铃响过了，还不见尚老师的身影，我们坐得端端正正等了几分钟后，仍不见她走进教室，班长出去到走廊里看，也没看到尚老师。教室里顿时骚乱起来，有的催班长去问教导处，有的抬杠“你猜尚老师咋了？猜准了赌一块钱菜票？”

“我知道尚老师咋了，就不告诉你！”邻座的罗荣成不知怎的凑到我旁边，脸上一副调皮样，“苏维华，尚老师从不缺课，你说她今天咋了呢？”

“八成是告病假了吧？”我也满怀失落地和他猜。

“啊，病了，你说的是真的？病了好，病了好！”他竟乐得拍起手来。

“你真没安好心，怎么巴着让尚老师病呢？”我生气地质问他。

“病了好啊，我要买两瓶罐头去看望看望她，正好和她多说两句话。”

原来是这样啊，班里这样的男生也许不止他一个人呢。难怪调皮捣蛋的男孩子上数学课坐得像吃了椽子一样的直溜，都是喜欢上漂亮女老师了！

那节课，我们索性关住教室门，敞开话题，议论尚老师的长相、衣着、姿势、讲课的风格，甚至还有人透露她的丈夫、孩子的相关信息。三年的教学中，尚老师唯一的一次缺课，竟然为我们提供了一次想她、恋她、喜欢她的种种理由大讨论，从中我们也在潜意识中学习到她身上师者的优秀品质。

除了系统地学习高中课程和小学各科教材教法外，学生根据自己的特长和爱好进行音乐、体育、美术的选修，我自然选择了美术。文化课的学习相对枯燥，尤其是教育学、心理学家，光那些东西方著名的教育学、心理学家的名字都得记一串一串的，更别提他们的理论和观点了。

但是靖师对学生的文化课学习要求相当严，可不像现在的一些高校爬着进去躺着出来。我们二年级时，学校新调来了一位姓高的副校长，主抓教学，他主张所有的文化课每学期都统一考试，不合格的再补考，还要交补考费，每门十元。不要说统考的压力大小，单是每门十元的补考费绝对是极大的负担。所以大家憋足了劲儿学习、复习，不光是害怕考不好丢人，更重要的是不能因为不卖力学习而交冤枉钱。肚子吃不饱可以再向家里要补贴，学习搞不好，补考费怎么也不好意思张口要。

我们要升三年级了，统考的科目一共九门课。因为平时对自己没兴趣的课程重视不够，我和同学们一样心里没底。怎么办，复习时间只有一周半？我在宿舍里暗自盘算复习计划，语基、语教、数教、教育学、心理学、政治、生物……每天一门的复习时间，宁可让牛挣死，不能让车翻掉。于是我拿上菜票打了20个干饼子，准备好了攻坚的粮草。

师范规定到复习时间可以离开校园，自主复习。早晨上完操后，我便带上一门课的书和笔记外加两个干饼子，去我经常背书的大渠旁的田野。那片地都是农民的零星小块，有的种庄稼、有的种菜、有的种苜蓿，离县城稍远，优美而安静。在那窄小的田埂上，我一待就是几小时，从课本的第一课起，强迫自己记忆。如果遇到重点、难点，我索性站起来，边走边背，直到让自己放心。饿了，咬几嘴饼子，渴了，捧一把渠里的水。中午也不回校，直到太阳西沉到放学打完饭时，我才收拾书本一路小跑回校打饭，填饱肚子，继续在宿舍的床上复习到熄灯时间。一天一门课，我就这样像出家人闭关一样啃书啃饼子把九门课全部过一遍。

考试的制度也严得出奇，学生带笔、稿纸、单人单桌坐在教室里，不知道要考哪门。监考老师进来发卷子才能知道，犹如蝉脱皮，考一门少一门，直到考完八门，我们才毫不含糊地知道最后要考哪门课。监考老师也极其认真负责，我们班有位同学是学校赫赫有名的学生会主席，考最后一门时带了笔记，翻找自己想要的答案，不幸被老师发现，抓个现形，报到学生科，第二天公示栏里就出了白榜，该门功课没有成绩，等待补考，考试作弊扣去一个月的伙食。

功夫不负有心人，20个饼子没有白啃，所考的九门功课，我全部过关。全年级统考中全部过关的学生寥寥无几，大多数都有一两门补考，所以也没啥太丢人的。关键是昂贵的补考费对很多家境困难的男生来说，无异于雪上加霜，本来伙食不够吃，需要家里补贴，这下贴得更多了。

当然那位学生会的主席在我们的印象中不是太困难，再加上他在学校的老师和同学中有极发达的交际能力，扣点儿伙食费不成问题。只是作弊被张了白榜，毕竟不是什么光彩的事，因此一度影响了他的主席形象，这倒是一点也不划算。

这位高副校长的教学管理还真奏效。他来以后，全校学生把文化课抓得很紧，下午放学后也能够看到许多同学在师范附近的水渠旁、铁路沿线背书，不仅校园书声朗朗，而且校园周围也是一片读书声，巷口旁、小路边的居民都投来赞许的目光。

一年级的第二学期，我选修了美术，靖师的选修绝对不是走过场，音、体、美三科选修一科，必须学好，其他两科作为必修，也要合格。我们美术班的学生都有一个特点，就是桌箱里都备着纸笔、颜料、调色盒。每天一页毛笔字，每周五节美术课，大多数课都有作业。记得练写美术字时，老师要求我们每人从市场上买来三斤报纸，并且告诉我们：这三斤报纸练完了，才能入门。

临毕业时，我们要去靖师附小实习一个月，学校选了三个美术专长的毕业生代表美术班搞作品，不用参加实习。我每天带着画板，穿梭在教学楼和宿舍的静物写生教室之间，完成了五幅静物素描作品。

虽然我没有参加实习，但是我平时的语基课和语教课成绩突出，毕业班的汇报课，老师们依然选中了我讲语文。记得我讲的课题是四年级的《东郭先生和狼》，课后得到了好几位老师的好评。我的语基老师王维雅还特别提到我范读时一个细节，可见语文基础功底的扎实，就连“抡起”的“抡”，我也能够清晰地读为前鼻音“Lūn”。还有老师特意表扬我的板书设计和粉笔字等。

听课的同学也很多，他们对我这个没有经过实习就讲毕业汇报课的事情并不吃惊，因为我在靖师不光学习勤勉，美术技法扎实，而且相当珍惜各种机会，各方面都得到不同程度的锻炼，全校的同学都认识我。

在我们这届新生入校的开学典礼上，校领导经过查阅档案得知我曾在白银市二中得过讲演比赛一等奖，于是确定让我代表新生发言。稿子是我自己写的，经过团委高振茂老师的修改。开学典礼上，我带着谦虚的微笑，用无比纯真的感情问候老师们和同学们时，掌声淹没了整个大礼堂。最后，我代表新生恳请校领导和老师们严格要求我们，恳请学长们真诚指出我们的不足并给予帮助，自始至终我都称他们“亲爱的大哥哥、大姐姐”。

发言结束了，我向大家深深地行礼鞠躬，热烈的掌声伴着我走下主席台回到我们班的座位上。后来，我经常碰到二三年级的学长在校园里主动和我打招呼，还问我是哪里人，从哪个学校毕业的……

军训结束后，我被团委吸收到校刊《靖师团报》编辑部，成为一名编委，专门帮主编成晟审阅稿件。成晟是个三年级的大个子男生，对写作、摄影都非常热衷，他把征用稿件的标准交给我后，就大胆放手让我按照团报开辟的栏目分类审阅后交给他，再和编委碰头后定稿。

当时我们的条件很简陋，编辑部设在男生宿舍楼三楼，男编委和其他团报成员全部住在编辑部里。两张桌子，一部手工油印机，几盒蜡纸，定好的稿子由字体漂亮的抄写员蜡刻后，进行油印。就这样的条件，稿件像雪片似的飞来，每周一期，每期印刷30份，各班和学校各部门都有份。

除了审稿，我也当过抄写员，也提着刷子给印版上刷油墨，美编有事时，也会临时设计版面。当然我也写了很多散文、诗歌，过几期就会有作品见报，为我们九四三四班积了不少分。

一年级第二学期，我成为《靖师团报》的副主编，成晟毕业前，召集所有团报成员在编辑部里举办了一个茶话会，内容就是吃橘子、沟通。最后征求大家的意见，让我接任了团报的主编。

在编报的同时，团委高振茂书记把《校园之声》广播站也交给了我。我设计了每周一歌、文苑漫步、校园热门话题、幽默一分钟等栏目。课外活动时间一到，广播室里就会传出美妙的轻音乐、流行的校园歌曲、配乐散文……

学校大大小小的文艺演出都是团委主办，高振茂老师推荐我为团委副书记，协助他举办各种大型活动。纪念一二·九文艺活动、三八、五四、七一、国庆、元旦都有全校性的文艺演出，这些演出我们要提前一周验收节目，准备舞台的横幅、背景布幕的装饰，忙得不亦乐乎。

有一项工作特别锻炼人，那就是节目主持人。三年间，大大小小的文艺演出、讲演比赛、诗歌朗诵，我都是第一主持人。开场、串词、结束语的预设以及和男主持人的配合，往往要经过很多次的推敲。每当一场演出圆满结束，在我们的“再见”和师生们的掌声中，我才能深深地舒一口气。

记得1994年元旦前夕的一场大型文艺演出中，我除了主持任务，还参加了四个舞蹈表演（我在校舞蹈队学习跳舞）。舞蹈队的蒙古族、苗族、阿瓦族、朝鲜族舞民族风味各异，表演都很成功，可是即使我在安排节目顺序时把自己参加的四个舞蹈插得很开，也得每表演一个节目换一次服装，因为还得换主持人的衣服。可委屈了在后台给我拿衣服的女同学了，手忙脚乱不说，一个节目也看不上。那一台节目是我们在校期间质量最高的。

元旦当晚，我和所有演出的同学、指导老师、校领导应邀去舟桥部队，在部队的元旦晚会上演出。靖师有名的女高音张栓英老师特意把她演出时才穿的一件粉红色的婚纱借给我，让我穿上主持部队的晚会。我们的演出赢得了广大官兵雷鸣般的掌声和喝彩，那一件粉红色的婚纱留给我的记忆是那么的温馨、美好。

1994年6月，我们面临毕业，学校可以向兰州师专和西北师范大学保送两名优秀生，校团委也要向校党支部推荐两名学生党员。当时，团委和学生科了解到我的家庭情况，得知家中父母年老，没有力量供我上大学，于是推荐我入党。那年的 6 月 4 日，是我一辈子都刻骨铭心的日子，在简陋的大礼堂，学校举行了 1994 届毕业生的毕业典礼，我和另一名团委的学生干部在党旗下郑重宣誓，光荣地加入了中国共产党。以这样的形式结束了靖师生活，我特别知足，我终于实现了小学、初中萌生的那个平凡而光荣的理想——乡村小学教师。

第二章
村小女教师

第一节 我当班主任

1994年7月，从靖远师范毕业的我，服从师范生定向分配的规定回到了家乡四龙。当时四龙乡有八所小学，每村一个。金山村位于全镇的中心地理位置——乡政府、集市的东头，金山小学也就成为中心小学。

我对父亲和母亲简单地讲明了想去中心小学的愿望，60岁的父亲二话没说，提了一筐家里的小红枣，骑上自行车去永丰村看望一个远房亲戚，托他帮我去金山中心小学。那位表叔也是从铁匠石搬迁下来的，是四龙乡的人大主席，主管文教卫生工作。没想到表叔很念旧情，还说我上学成绩优秀，理应去中心小学。9月份开学前，我拿到了四龙学区的通知，如愿成为金山中心小学的一名乡村女教师。

虽然金山中心小学地理位置占优势，学校规模较大，但当年也受条件的限制，各方面都很落后。学校坐北向南，校门在正南。我推着自行车走进校门，中间是一条斑驳的水泥路，一直通往最里面，东西两侧是操场，碱土、石子是最基本的成分。操场和教室不在一个平面，穿过一大两小三个门洞，上一个陡坡，两边各立着三排砖木结构的教室。再往最里面，也就是学校最北边，有一排办公室，东边有灶房，西边有图书室，办公室后面东北角有一座旱厕。让人眼前一亮的就是办公室前左右各有一个三平方米的椭圆形的小园子，里面各长着一棵苹果树，绿绿的叶子，为整个校园增添了几分生机和活力。

学校是一所六年制完全小学，每个年级有两个平行班，学生500多人，教师17人。校长姓李，40几岁，个子大，但长相很亲切，很慈祥，听口音是北湾乡人。他热情地接过我的通知后，把我交给一位姓王的管后勤的男教师，让他安排我办公的地方。后来又来了一位姓王的40来岁的男教师，他说二年级二班的班主任调到中学去了，所以安排我带二年级二班的语文兼班主任，旁边的女老师告诉我，这位男教师是学校的教导主任。过了会儿，一位姓梁的男教师给大家发教本，后来知道他是语文教研组组长。

上班的第一天，我发现了三件不可思议的事，一件就是学校仅有的六七个男性都是领导，校长、教导主任、总务主任、会计，教研组长也全是男的；另一件就是，我接到了二年级二班的工作，拿着报到册等学生，结果到下午六点下班，40几个学生没来一个，别的班同样如此；还有一件就是老师们中午不到12点，下午不到6点就陆续下班走人。

后来的两天依然如此，大家稀稀拉拉来上班，没有学生报到，闲聊一阵就回去。两三天后，有几个娃娃到校园里看小黑板的报名通知，其实就是在看报名费是多少，看完就都回去了。听老师们说，每学期报名都是这样，至少要拖一周的时间。孩子们都不愿来看报名费，看了回去告诉家长，家长才要准备，杂费、书本费，还有政府收的教育附加费，几项合起来每个学生都不少于200元。有的家庭困难的孩子，等个十天八天才能凑够学费来报名上学。

还真如老师们所说，一周的时间磨蹭够了，学生的名也报得差不多了。我收到了42名弟子，一个不缺。班长叫李海东，黑黑的皮肤，厚嘴唇，小平头，一脸严肃的样子。我让他召集全班同学在教室里坐好等我，两分钟后，我来到了最前排东侧二年级二班的教室。

门开着，我一出现在门口，里面的私语声戛然而止。我阔步走上讲台，向全班的42个小脑袋扫了一遍。说实话，那一刻，我的心里无比的骄傲——我要给他们当老师了！42双眼睛直愣愣地盯着我，七八岁的单纯直白地不得不让我作出大人成熟的样子。我用标准的普通话介绍了自己，并把我的姓名用粉笔写在黑板的右侧，可以说是漂亮的行楷。我发现孩子们的表情有些惊诧，我知道他们惊诧什么。他们以前的男老师是本村人，讲课用的是四龙普通话，我这个年轻的女老师有些“洋腔洋调”呗！

我向小家伙们提了三点要求，第一要专心听讲，完成作业；第二课堂上要用普通话，要把字写端正；第三要按小组做好值日生。我问大家：“能做到吗?”42张小嘴巴异口同声地几乎在吼：“能!”我循着回声看着他们的小脸，有的鼻涕都没有擦干净，有的头发上灰蒙蒙一层土……尽管长相不同，丑俊也不一，有的甚至很脏的样子，但是他们背过小手坐得一样端正，回答的声音响亮而整齐。

紧接着，我安排开学第一天的大扫除。这学期的卫生工具学校还没下发，孩子们就分头拿起教室后面上学期的旧笤帚、桶子，扫地的扫地，抬水的抬水，像一群小猴子一样，好不热闹。再一看他们，身上、头发上、脸蛋上都是土，教室里的灰尘也在慢慢的下落。我也不例外，鼻子里都是土腥气。我的班主任工作，就在这开学大扫除的尘土中拉开了序幕。

新学期的课表也没有下发，王主任说先按旧课表上课。我仔细一看我们教室的旧课表，课还排得挺全的，什么音乐、体育、美术、班队活动、自然、早读全都有。回到办公室，我问另外两位年轻的女老师："班主任代语文和品德，那怎么不见音乐、美术、自然老师？"她俩一笑说："班主任除了语文、品德，还要带自然和音乐、美术两门中的一门，剩下的一门数学老师带，除了体育，由雷会计一人带全校的，两个平行班一起上，剩下的语数老师包班。因为数学老师要带平行两个班的数学，所以只包一门音乐或美术，其他的都是班主任的。"

我听了才恍然大悟，从一摞子教本中选出了音乐书，找到二年级的数学老师吴老师交给她。吴老师话很少，她也是靖师毕业，比我高一级，美术班的。拿到教本，她笑了一下说："其实我不会带音乐，但没办法，就这样吧！"

我暗暗算了一下，班主任每周要带20节课，加上跟班自习，就是25节，平均每天5节。老师们说，中心小学这样已经很不错了，如果分配到偏僻的"上三校"，就是离乡中心较远在上白银的半路上分布的几个村子，还要带复式班。所谓复式班就是因为学生少、老师少，没办法按年级设班，所以就分低、中、高搭成班。一二年级一个教室，左右分开，同样的老师带班授课，用一静一动的形式组织，给左半边一年级授课时右半边二年级学生写作业。他们还说，如果分配到教学点，才可怜呢，民勤村麻拉牌教学点只有一个老师……如此听来我是多么幸运。

那时候，我们接受的家庭和社会教育，还是师范的培训，都有浓厚的传统教育的味道，奉行“师道尊严”。所以班主任在全班学生面前是有着极高权威的人物。我也不例外地向二年级二班的学生发号这个那个命令，也用“如果完不成的话，就要罚……”这种威胁的句式，也很少向孩子们笑，保持着严肃的教师形象。每当布置一个任务，孩子们往往爱争先，结果为了图快，就会出现错别字等毛毛草草的漏洞，得到的总是我的批评。

学校的风气怪怪的，各教各的，教导处排完课，发了课表，你就按部就班地上课，期中组织一次考试，期末组织一次考试，最后开个总结会就算一学期完了。

我就由着自己的性子来管这个班。说实话，孩子们都很听话，但很少有特别聪慧的，也许是因为我是班主任，所以都爱学语文、爱搞卫生。我的话就像皇帝的圣旨，准能得到响应。即使我临时有事或偶尔迟到教室，孩子们也已经端坐如钟，大声地集体朗读课文。

就说我带的语文课吧，我只把课文范读好，带大家领会文中的意思、体会其中的情感。让喜欢朗读的同学个别读、分角色读，读出感情，连一个生字都不用教。后来我学教学大纲才知道二年级要学生字，可那时刚上讲台的我根本就不知道。

世间的事情总是让人不解，我每上新课前一天的作业都是预习生字词，查字典填好我设计的字、音、偏旁、笔画、组词、造句这样一个表，第二天上课我让大家在文中理解某个生词，从不专门讲本课的生字，但我每次听写所有学过的生字时，孩子们都说："老师，你别念了，我们自己按顺序默写！"连最差的学生都能按顺序默写完整个学过的生字。而且，我们班的学生字写得特别整齐端正，遇到统考，卷面是最整洁的。

所谓"亲其师而信其道"。我凭借语文扎实的功底赢得了学生，当班主任反而成了不需要费心费神的工作。不论是星期一的升旗仪式还是每天的课间操，如果是站的像小士兵一样最整齐的，那一定是我们班。

到了四年级，孩子们也大点了，学校给我们分配了区域卫生任务，就是东墙边的垃圾清理工作。这也难怪，那一大片都是每天全校师生倒垃圾的地方，再加上雨水、水管的水泡过后，特别难闻。哪个班主任都不愿接，校长只好找我，说我是年轻教师，班里男生又多，以后就这点工作，让配合一下。

我知道这是全校最脏最累的活计，但还是接受了，总得有个班来干吧！第一次清理，确实不容易，积累太多，长时间不清理，垃圾都长在一块儿了。我带着仅有十岁大的男孩子们，拉着架子车，一铁锨一铁锨地铲，装上车子，一个男生拉，两个后面推，一车车送出校门倒进一个闲置的水坑里。

孩子们毕竟小，热火朝天地跑几趟就没劲了，还要在我面前硬撑。我强行让大家休息、喝水、换班。整整一个下午，我们才完成了一半。孩子们的鞋子、裤角都被垃圾糊得不成样子。第二天下午，我们继续奋战，他们用脏兮兮的手擦去额头的汗珠时，我真的有些心疼。

完成任务回到教室里，我表扬大家，用了很多词，但都感到没劲。最后我问："你们累不累?"同学们异口同声地喊："不累!"我的眼睛有点湿，因为我看到了一个个不怕脏、不怕累、不怕苦的小小男子汉。他们长大后，不论在哪个岗位上，都会是有血性的男人。

后来我规定，每周星期五把垃圾扫在一起点着焚烧，每个月清理一次。这片区域，我们班一直清理到六年级毕业。回想起来，我觉得自己并不是一个多么称职的班主任，专政、严厉，甚至有些狠心。我只庆幸自己有扎实的基本功，给孩子们当老师不是一件相互为难的事，也庆幸遇到了这些土生土长的孩子，在他们的身上，散发着我们农村人的质朴、正直、善良。

第二节　我和我的学生

当了好几年班主任，自然就和我带过的第一届的学生结下了不解之缘。学习拔尖的李海东、性情倔强的李虎明、善解人意的梁巧红、调皮捣蛋的王旺明、文静可爱的王帆、做事努力的周亚春、积极争先的王多仁……

班长李海东是个早熟型的男孩子，平时话不多，一副小大人的严肃样子，他的各科成绩都很优秀。他当班长，全凭的是自己各方面都做得好，也就是榜样的力量。认真听讲、按时完成作业、上课积极思考发言、劳动时拣重的、自习课带头做练习……所以同学们心服口服，偶尔有调皮捣蛋的男生不听他的指挥，可是见大家都静下来了，一个人也干不了啥，只好也翻开练习册子。

记得三年级时，学校的风气让人难堪，没有人听课，没有人参加教研活动，校长和教导主任使唤谁都不动弹。市上举办优质课竞赛，在靖远的乌兰小学进行语文组的角逐，区上下听课指标，金山中心小学分得一名。在没人去的情况下，王主任把这个听课的任务分配给了我。竞赛历时四天，我临走时给全班布置了自学内容，特意向班长李海东交代，这些学习任务和日常的卫生、出操全部由他负责，并强调学习委员、卫生委员、小组长们要听班长的。

之后，我乘客车到靖远县城乖乖地听了四天课。毕竟是全市的竞赛，每节课都值得我细细琢磨。令我印象最深的是一节并没有出彩的课，是来自城关小学四十几岁的女教师参赛的五年级语文《狼牙山五壮士》。她的那节课讲得很平常，以讲读为主，没有设计任何游戏或合作探究的环节，但她讲完后博得了在场听课人员的热烈掌声。

她一上讲台和学生问候时，我们就听出她洪亮的嗓音有不规则的断音现象，就像录音机磁带卡住又顺下来的声音。讲课前，她特意解释了一下，原来她一直在城关小学代语文兼班主任，因为代课多，她又很好强，用嗓过度引发了咽炎。但为了工作没有作及时治疗，以至彻底失声。她治疗休养了五六年后恢复发声，但断声严重，现在已经好多了，她重返讲台，并参加这次竞赛。尽管声音卡壳，但她的嗓音非常脆，课也干净利落。

快结束时，她用课件播放了电影《狼牙山五壮士》跳崖的悲壮片段。我不知道，这节课是狼牙山五壮士的精神在激励大家，还是她那干脆但卡壳的声音在感染大家。虽然她的课没有获奖，但她对教育的这份热忱和执著的声音永远刻在了我们的耳际。

竞赛结束了，我赶回了学校。一切和我走时差不多，校园、教室、学生、老师。一到办公室，就听说有学生打架，家长都来学校了，我心里一惊——这两天我不在，会不会是我们班的学生？我赶紧问同事王老师。结果她拍拍我的肩膀说是三年级一班，就是教导主任带的班。自习时王主任有事没跟，教室里像大闹天宫一般，结果两个男生打得不可开交，其中一个鼻血直流，后来家长也来找学校。

她还说，我不在的这几天我们班的学生表现可好了，做操和搞卫生都得到了学校领导的表扬。我的心一下子放到了肚子里，暗暗地称赞李海东这位榜样班长，多亏有他，我才能这样来去自如。

回到教室，我故意问：“这几天，老师不在，你们完成学习任务了吗?”

“完成了！”声音震耳欲聋。

“拿出来我检查一下！”

“老师，已经检查过了，错误都更正了!”

我纳闷了，“谁让检查的?”

“班——长——”孩子们故意把音调拉长，声音中透露出大多数同学的肯定，也流露着捣蛋鬼们的无奈。

记得孩子们上五年级时，我布置的作文练习渐渐增多。农村的孩子表达能力普遍一般，个别学生写文章全是记账式的，言之无物，更别说什么生动具体了。有一次正值春夏之交，田野里、黄河边，果花飘香，麦苗葱绿，我以“一次××活动”为主题，布置了习作练习，要求写明活动的时间、地点、经过、收获。双休日完成，星期一早上交稿。

到了星期一，升旗仪式过后，学习委员就抱来了作文本，我大概数了数，交得差不多，比往次作文都好。第一节课是数学，我正好翻阅一下弟子们的“大作”。大多数的学生都写了和父母去田里的活动，有浇水的、有施肥的，也有种玉米的，顺便描写了沿途田野的景色，最后还谈了劳动的收获。

翻到多一半时，我发现有一撮学生写的是同一件事，都是星期六去黄河边野炊，自制“羊皮筏子”的事。而且这几个学生是班上最调皮捣蛋的白小勇、王旺明、王小倍，还有两三个女生。细细一看，虽然他们写的事情相同，但并不是抄袭。开篇、用词、分段、结尾和感受谁有谁的，一点都不雷同。

让人惊喜的是，连平时写作文没处下手的王旺明都把活动的经过写得很具体。尤其是他写了吃完几个女生做的饭后，他们用河边玉米草自制“羊皮筏子”的那段，怎么摆，怎么用绳子绑，“放到河里试试，没有沉，于是他们几个男生就坐到草筏子上，用一根木棒向河里划，他们有多开心。快划到河中心了，白小勇发现草慢慢湿了，他们仔细一看，糟了，草筏子已被水快淹没了。他们吓坏了，这时白小勇命令大家用手划水，朝一个方向使劲往岸边划。岸边的女生都吓傻了。没到岸筏子就沉了，幸亏已是浅水位，他们连滚带爬地上了岸”……最后的收获是用玉米草做“羊皮筏子”是非常危险的，他要记住这次的教训。

看完作文，我都深深地舒了一口气——有惊无险，这几个捣蛋鬼，胆子太大了！但我同时也为这几个孩子为了写作自发组织活动，把作文写得言之有物，具体生动而欣喜。

那天的第二节课是语文，我准备在上课前简单提一下作文的情况，等全部阅完再专门讲评。铃子一响，我就兴冲冲地来到了教室。师生互相问好后，我还没开口，坐在前排北边第一桌的女生王帆就举手了，一脸的委屈。我赶紧叫她起来讲什么事情。她眼泪都快掉下来了：“老师，我课桌箱的底板不见了。”

我走下讲台一看，果然她的桌箱没底板，书包放在地上。我问她什么时候不见的，她说上周都在，就是星期六星期天不见的。我想，星期六星期天如果进来小偷，也不至于偷一块桌子板吧？我正纳闷，有两个女生讲，是班里的几个男生干的，星期六野炊当切菜板了。

这不正准备表扬他们的作文，现在倒好，又得审案断官司。我只好请星期六野炊的同学站起来，果真就是写了野炊活动制草筏子的几个。我一本正经地问：“王帆桌箱的底板呢？”

只见白小勇和王小倍互相看了一眼，白小勇说："我们去野炊，带了锅、带了米、菜、油、盐、菜刀，到了黄河边做饭呢，发现没有切菜板，我就给王小倍出主意，让他到学校取桌箱板，咱们教室的第三个窗户扣坏了，我知道能进来的。"他不敢抬头看我，一口气说了个清楚。

"切完菜，桌箱板呢？"我慢条斯理地问。半晌他俩不说，我看了看王旺明，王旺明是班上胆子最大的，他见我看他，就脱口而出："扔河里了！"我听了真是哭笑不得。"白小勇、王小倍同学，你们这样做太自私了吧？你怎么不卸你们俩的桌箱呢？品德课里学的怎么反其道行之？你俩自己说，这事怎么办？"王小倍胆子小，赶紧说："老师，我们错了，我今天就找块板，让我爸按尺寸截好，给王帆桌箱安上。"

看着他们一脸诚心悔过的小样，又想想他们的作文，我只好给他们一个台阶下，就说这几位同学认错积极，能及时弥补，请大家监督，看他们以后的表现。

为了工作方便，我就住在学校的办公室里。1998 年学校的平房都已破旧不堪，教室的顶篷里到处都响，住了很多蝙蝠。乡政府争取项目，要给学校建教学楼，将后排部分教室和办公室扒掉，教学楼的位置就是后排办公室的位置，住校的老师都纷纷搬回了家里。校长又开始为建校期间的护校工作头疼。校门敞着，人车进进出出，原来护校的王主任提出当不了这个差，而我正好也没地方去，梁庄离金山骑自行车 20 分钟就到了，但都是村里的巷道，下雨天泥泞不堪，车子都没法推。

我主动对校长说，让我来护校吧！于是我就搬进了学校西侧小铁门旁的一间门房里。门房在操场以上的高处，看南边的校门清清楚楚，而且经过西面前排教室就到东面我们班教室，上课也很方便。

夏天，白天的时间很长，太阳还老高呢就到了5点20放学时间。我待在学校没什么事情，就把没完成当天学习任务的个别学生留下来，辅导他们掌握了再回家。

有一次课文没背熟的男生有七八个，我一个人盯不过来，就把梁巧红、王帆也留下来盯男生。他们全部围坐在我住的房子门前，摇头晃脑地背课文。我从侧门出去向南到了集市，买了点菜再转回学校。我走得很慢，因为那几个男生都是不爱背书的调皮蛋，多给他们点时间一次性背会盯正完就放回去，免得盯一遍有错或背不下去还要重来。

我推开小铁门进去一看，几个男生正在提着桶子往洗衣盆倒水，梁巧红和王帆蹲在洗衣盆旁俯下身子在盆里揉来搓去地大干呢！原来屋子里我泡了三四件衣服没来得及洗，他们给弄出来了。

我赶紧叫停："你们在干吗呢？叫背课文呢，王小倍，你都背会了？"

王小倍笑嘻嘻地说："老师，我们都背完了，女生把我们都盯完了！"

"那你们回家吧，老师的衣服怎么能叫你们洗呢？"

"老师，你让我们洗吧，你每天都管我们，教我们，我们啥都没给你做过。"梁巧红边洗边看了看我说。

我要插手，他们死活不让，我只好到校园里转着查看一圈，回来时，他们把几件衣服晾在了绳子上。我看着他们一个个笑眯眯地收拾好书包和我说“再见”，心中不觉涌起一股暖流。

是啊，时间过得真快，当年的小毛孩都长大了。虽然他们生在农村，没见过什么世面，知识面也不是很广，可是他们沾着尘土的身上，散发着乡村孩子的质朴；他们拙于表达的外表里面，藏着一颗真诚、善良的童心。

第三节　困惑和无奈

每月工资288元的我，想用自己的努力付出，改变许多东西，成就许多事情。比如，想通过悉心地教导，帮助我的学生实现他们的理想或改变他们的闭塞、落后的生活状态；也想通过我的辛勤工作，挣得工资，不再让60岁的父亲下地耕田。

经过几年的努力，我发现，前一项实现起来要比后一项难得多。为社么呢？因为父亲一年一年的变老了，他自然就耕不动田了，再加上别人家都用机器耕，他的那头驴也老了，几年前就卖了，他拿自己的胳膊腿，耕不了几年了。

可孩子们呢？并不是农村的孩子没有理想，我曾经和自己班上的学生交流过理想的话题，不要说医生、教师、军人，甚至有一个男生还讲自己的理想是宇航员，要开飞船上天呢！当时我鼓励大家：“只要你们好好学习，好好锻炼，理想就一定会实现的！”可是依照我自己求学的经历和学校办学的现实情况，我知道，他们的理想都是很难实现的。

首先是经济条件限制了教育的发展。虽然村村有学校，可学校就是有教室、有破旧的桌凳、有几个来历各式各样的老师。学校全靠每个学生每学期30元的学杂费办学，只能勉强维持运转。年复一年，新的变成旧的，旧的变成烂的，每学期能买些卫生工具、办公用品、换几块玻璃、给老师们买全教学参考就不错了。

就拿金山小学来说，课按大纲要求排得很全，但上音乐没有琴，上美术没有纸笔，上自然没有仪器，就凭你三寸不烂之舌和一根粉笔解决问题。记得有一年，区上组织自然学科优质课竞赛，学校同样没人去，李校长又把这个任务交给我这个年轻教师。

等我选了课题之后，要用到电池、电线、接线座、小灯泡，实验必须分组，每组一盒，这些东西要准备至少六盒，供六组用。我去找管后勤的王主任，结果是什么都没有。眼看第二天要上白银去参赛，我就请了假专门到集市上去买了一大包东西。第二天早上我一个人提着包坐“招手停”上白银区第三小学去讲课。

等我稀里糊涂参加完竞赛，拿了区上的二等奖回到学校时，只有李校长知道我干啥去了。几年间，所有的教研活动都是我一个人参加。对这种现状，我刚开始感到非常不解，后来慢慢一想，教师的工资都很微薄，学校也没有这些活动的经费，要自己掏腰包去参加，谁愿意呀？

然而我还是有些困惑：一学期参加两次这样的活动，大不了花去200元，这么必要的开支，为什么学校不能列入计划？几年间，我发现校长和老师们的关系总不那么融洽，校长只和会计关系好，老师不怎么去接近会计，老师们之间也有很多是非。我啥也不敢参与，只是听着看着，没法给谁任何建议，只是心很累很担忧，担忧我的学生，担忧全校的孩子们，担忧校长和老师们。

有一回过教师节了，女老师们叽叽喳喳地吵，想建议学校组织大家吃一顿饭，有的老师说，多少年了，学校都没给老师们过过节，今年国家都这么重视，校长不会不组织的。一年什么活动都没搞过，过一个教师节花不了多少钱。有的老师就说的不好听了，“你们等着吧，等中央领导来慰问你呢！校长会给你们过节，会给大家舍得花一分钱，除非太阳从西边出来！”有的也很幽默，“咱们等到中午，看看有没有情况，如果放学铃响还没情况，咱们就找校长去说！”大家都同意这种想法，纷纷说对。

快中午了，没课的女老师们都聚在校园里，边谈论教师节的话题，边等学校领导过教师节的通知。突然，一位女老师小声叫了起来：“你们看，校长！”大家寻声往校园中间的路上看去，那辆陈旧的老牌红旗黑自行车，载着校长穿过校园中部的门洞，借着下坡的提速，一溜烟到了校门，转眼就不见了。

真是奇怪，校长中午从来都不回家，也很少出校门。他生活极其俭朴，中午在学校也不上灶花钱吃饭，带着点干粮就着茶水就准过了。那辆自行车从他上班骑到现在，好像就没坏过。今天教师节，校长没到放学就走人了，看来，他知道老师们想过教师节，早有准备。校园里一片唏嘘之声，难听的言语中夹杂着一份无奈。

我的心里紧巴巴的，怎么想也想不明白，就是一个教师节怎么过的事情，为什么连一次沟通都不能达成？其实老师们并不是非要花多少钱，只是想借这个机会和校领导、所有的同伴们聚聚，交流交流，放松放松。而校长是穷怕了，以为用一种形式组织就要花掉不少钱，所以溜之大吉。难道穷就这样难以启齿吗？难道穷就这样可以漠视对方的存在吗？老校长真的已经不适应教育的发展和要求了。

我的班上也有很多孩子家境不好。孩子们升四年级的那一学期，我们报名注册同样达一周时间。尽管一周，我们班都没有报全，没报到的是个男生，叫樊徐财。我托他同村的邻居同学给家中捎了几次信，催他来报名。

开课第二天，男孩的母亲来学校找我，我看着她，黑黑的皮肤，看起来有40好几了，一双手也很粗糙。她说孩子的爸爸到城里搞副业，开学了没把钱送来，学费还差一些。我告诉他，先让孩子来上学，学费的事我向学校说明，等凑齐了再交也行。

这种情况几乎每个班都有，老师们报名的过程就是催交学费的过程。“你怎么还没拿钱?”“学费带够了吗?”“给家长说，交不了学费就没法报名领书!”这些话在当年，都是正常的，没什么伤不伤学生的自尊，似乎也没有对学生造成什么刺激。

的确，收学费是政府和学校的行为，教师只是代劳而已。

学校无权减免教育费附加，也不能免学杂费。如果都免了，水费、电费、电话费、大师傅工资、代课教师工资、护校临时工的工资谁来负担？事情就是这样，那些年，农村的条件很差，孩子上学学费也很高，一些孩子多的、老弱病残的家庭很容易造成孩子辍学。

我们班还有位女同学叫周亚春，学习一般但非常努力。从衣着、举止我判断她的家庭也很困难。一个女孩子，衣服大小不合身。头发很乱，看人的目光有些游移，缺乏自信。我总是有意识地让她多回答问题，多在全班同学面前展示她的进步，比如字写得整齐了，讲话比以前通顺了。

后来，她主动举手的次数渐渐地多了，语文成绩也一次次进步了，看见我和同学们，眼睛里充满了热情和笑意。她配套练习的钱没带够，我悄悄为她补齐，并鼓励她：“好好努力，你将来一定会有出息的！”我时常在心中为这样的孩子祈祷，但愿她们能够遇到善良、负责的老师，也希望她们勤奋努力，改变自己的人生！

1998年秋，乡政府下文撤换了全乡所有小学的老校长，我们学校来了一位姓周的年轻校长，我因参加各种竞赛多次获奖、业绩突出而被提名任命为学校副校长。

1999年秋季，学校的太阳能教学楼落成了。全校师生甭提有多高兴了，我们带着学生，把新楼整个打扫了一遍，男生搬桌子，女生拿板凳，搬进了新的宽敞明亮的教学楼。乡政府还组织了落成剪彩仪式，敲锣打鼓，杀猪宰羊，好不热闹。

据说我们的教学楼是乡政府派人专门到甘南考察后立项

的，坐北向南，找好角度，能够像塑料大棚一样最大限度地吸收太阳的光热。楼房正前整面都装着玻璃，墙中间还有吸热板，这样冬天都不用生炉子。

我们热热闹闹地搬进新楼开学了，我的办公室在三楼数学教学教研组的旁边，小小的，有15平方米。这样已经不错了，多少年来，学校没有设副校长，我都是校史上最年轻的并且是第一任副校长，有这么一间办公室，真是令人羡慕。

当时我仍然带语文兼班主任。由于上级部门要求农村小学从三年级开始开设英语课，但是学校没有英语教师，都是年轻教师兼课上，所以五年级两个班的英语又落到了我的肩上。我的办公桌上除了我的教本、教案，还收集了一些教育杂志，如《甘肃教育》、《甘肃教育报》等，每到星期一的例会，我都选出一些教育教学的好论文或感人事迹，作为业务学习的内容。我也组织教研组搞一些听课、评课的活动，促进大家相互学习，共同成长。时间长了，我们这所农村学校的老师也知道啥是教研活动了。学校的成绩也稳步提高，从全乡的落后名次跃到了第一的位置。

然而搬到新楼不久就到了冬天，我们在太阳能教学楼上的工作和学习面临着新的问题。入冬以后一天比一天冷。11月初，我们的教学都很正常，大家借着搬新楼的热情似乎感觉不到冷。可是到11月中旬，老师和同学们都穿着厚厚的棉衣、棉鞋，教室里也感到很渗很冷。尤其是阴天和每天下午太阳西斜后，那个冷都渗进骨头里了。12月份，情况就更糟，许多老师上教室缩手缩脚讲一通，到学生练习作业的时间，就离堂而去，全部跑到楼下原来的图书室烤火去了。

新楼建成后，西侧的平房暂时当门房，里面住着一个看校的老头，生着火炉。我一个人办公，教室里冷，办公室更冷，也在没有课实在熬不住时跑到平房去烤火。老师们并不因为我是副校长而躲避我，反而往火跟前招呼："来来来，快烤烤吧，你这么单薄，冻透了吧！"我也从没有因为碰上老师烤火而发表什么高调，只不过偶尔提个醒："有课的老师烘一下就去教室，没课时再来烤吧！"就这样，好几个女老师都感冒生病，有的一个劲吵吵关节疼，脚冻肿了。

老师尚且如此，学生呢？他们连下课也没处烤火，只能一天天往过挨。教室里一到安静的时候，总会发出同一种声音，就是孩子们被冻得清鼻涕直流，一个劲吸鼻涕的声音。有的孩子的手也冻肿了，戴手套的孩子拿笔不利索，写的作业自然就乱。

我们教学楼的太阳能不知道哪儿去了，一个冬天，老师们忍着，孩子们冻着，期末考试的卷子，都是一双双冻木的手竭尽全力答的。盖楼了，办学条件得到了旧貌换新颜的改善，可谁想到，这一个太阳能又让我们回到了新中国成立前。

第三章
贫穷与尊严

第一节　波折爱情路

爱情本身是美好的，谁都向往真诚、无私的爱情。中国人的爱情从古至今总是悲剧多，这和几千年的封建礼教有着极大的关系。即使到了我们这代人身上，美好的爱情也同样有可能遭到家长的封建观念、甚至自己头脑中的封建残余思想的束缚和迫害。尤其在20世纪的西北农村，大胆追求爱情的年轻人少之又少，而且一旦追求就都成了名人。人们一边用恶毒的语言攻击他们的所作所为，一边用这种低俗的方式讲述他们的爱情故事，满足自己没有追求过爱情的缺憾。

让我看来，虽然表面上人们在反对谁家的姑娘跟谁家的男孩跑了或者在一起了，其实内心里在羡慕。古往今来，多少美丽的爱情故事，都是在表面上鄙夷、内心羡慕的一遍一遍地传扬中成为佳话。

我——一个乡村女教师的爱情故事没有成为佳话，但在当年，一点也不夸张地说，我的爱情甚至生命差点就被扼杀在封建思想残留的毒素里。

上初中时，我就收到过班里男生的纸条、信件，那些不能算作爱情。我因病休学后，重新上初二插进四班，没想到竟然注定了一段崎岖不平的爱情之路。那时候，男女生之间基本上不说话、不来往，这就造成了相互之间很玄乎的神秘感。

在这个班里，我只想好好读书，不想再收到任何纸条。可是在一天下午课外活动之后的自习课上，我伸手到桌箱里去取课本，碰到了一件硬邦邦的东西。我慢慢拿出来，低下头一看，天哪！一台小收音机，下面还有一页纸，纸上写着简短的两行字，具体我忘了，大概意思就是：没别的意思，只想对你有所帮助，没有署名。

我特别喜欢听甘肃广播电台的《祝您愉快》节目，经常凑到带收音机的一个女生跟前，课外活动、放学时一起收听。这个人还真细心，我想，他一定是班里的男生，所以才不好意思署名。到这个班里已经一学期了，但我坐在第一桌，就没怎么注意过后面的学生。我的心里七上八下的，这么重的礼物，收也不能收，退也退不了，还不能告诉别人……

后来，我每天都把这台小收音机装在书包里，中午放学就到了《祝您愉快》节目的时段，打开它，优美的散文、诗歌、歌曲萦绕在耳边，愉快的时光又加上了一份神秘忐忑的色彩。我知道，那个神秘的人一定会让我猜到的，因为，我感觉到有一双羞涩的目光总在我的身后。

对，一定是他，就是坐在我身后的那个特殊的男生。每次我转身找后面的女同学，他就会很快闪过我的目光，低下头假装做别的事。我坐在第一桌，如果来得早，他进教室时，目光游移到任何地方，都不好意思和我相对，哪怕一个瞬间。他很清秀，穿的也干净利落，深蓝色的运动上衣，浅蓝色的牛仔裤，白色的运动鞋。不知是因为收音机的缘故，还是心底里涌起的深深的好感，看见他，我的心就怦怦直跳，不知该怎样面对。

就这样，除了努力控制自己认真听讲完成作业，我们就在这种暗暗的吸引中相互对峙着，没有打过一个招呼，没有大胆地看过对方一眼。

直到初三时的那个夏季，有一天傍晚放学，窗外电闪雷鸣，眼看要下雨的样子，大家纷纷收拾书包背好往外跑。等我出了教室，一个炸雷，天好像要裂开似的，豆大的雨点儿顷刻间落了下来，打在地上“叭叭”直响。我犹豫了一下，还是冲进了雨里。校园里有好些同学都没有雨具，冒雨步行或骑自行车回家。雨水很快淋湿了我的头发，脸上也是。

跑到校园中间的路上时，一个身影跨到了我的身边，“你等一等！”是他，我用眼睛的余光看着他从我身边掠过，向那一排教师宿舍跑去。我也不知道为什么，像被施了魔法一样停住了脚步，那一刻，我的大脑里是空白的。

很快，他从宿舍那边向我跑过来，手中带着一把伞。等我接过伞想说点什么时，他已跑进雨中。一路上，伞下的我再也没有淋到雨，可满脑子都是校园中刚发生的短短的一幕。爱读小说的我，似乎也弄不清楚，这一幕是发生在小说中呢还是我的身上。

那个年代的北方农村，虽然改革开放已经十年了，但观念相当落后，男生女生来往是可耻的，只有结了婚的夫妻才可以光明正大地在一起。我和他同样怕被同学们议论，本身的害羞加上学习的压力，使得我们谁也不敢表露心迹。

一台白色的收音机，一把雨中的伞，就像两集电视剧一样，断断续续播放着，等待着没有被命运编辑好的第三集。我不知道这两件事情和我内心的感觉加起来算不算爱情，只知道这一种羞涩的思念给人梦一般的甜蜜和幸福。

快中考了，气氛有些紧张，我把那台小收音机放在家里我的枕头底下，没再背来背去听节目。他的学习也不错，我想，他也在悄悄用功，准备考中专或者高中吧！

再后来，就是中考结束，新的学期开始，我到白银市二中重读初三，听同学说，他上了白银市一中的高中。小收音机仍然守候在枕头下，整整一年，缘分也好，命运也好，都没有给我们见面的理由。

直到6月份我准备考靖远师范前夕的一个傍晚，学校也不要求大家上课，自己也可以作一些临考复习或调整。我们早早地吃过了自带的晚餐，也就是咸菜馍馍，在宿舍里看书。突然我听到宿舍的走廊有人问我住宿的房号，接着我们宿舍门前出现了四五个男生。我特别吃惊，仔细一看，原来是三中的初中同学，再仔细一看，他也在其中。我当时真的慌作一团，招呼他们坐在下层通铺的床沿上，连倒杯水的条件都没有，只有问长问短。他们几个都在市一中读高中，继续做同学。很短的时间，他们就要走了，我送他们到校门口，挥手看着他们渐渐地远去。那一夜，我失眠了，眼前不断浮现着临走时他深情的目光……

我上师范后，我们开始了书信来往。他的字里行间，总是浪漫而深沉，显然有着很扎实的语文功底。对于上高二的学生，谈恋爱确实是件很累的事，所以我们除了表达爱意，更多的是谈论理想、现实，鼓励对方积极努力，追求自己的梦想。就这样，鸿雁传书也好，纸上谈兵也罢，两年后，也就是我升师范二年级时，他考上了兰州大学中文系。我从心底里感到高兴，为他的勤奋、执著、不达目标不罢休的精神，也为我们青涩的爱情有一个能够预见的未来。因为他的名字中有个“良”字，所以后来的书信中，我亲切地称他“阿良”。

那年寒假阿良来我家，约我到他家玩，我的心情只能用一个词来形容，那就是忐忑不安。我家的境况他是了解的，他上高三时还攒了100元的零花钱寄到师范接济我。他们家在金山村，就是金山中心小学后面的村子。我之所以托表叔分配到金山小学，也有他的因素，我想离未来的婆婆家近一些。我忐忑的不是怕他家境况太好或太差，而是担心我的家境比谁都不如，再加上父母年老，就我一个子女……反正心里很不踏实。

但我还是跟着他去了，其实我们两家离得并不是很远，走小路，从动力厂的院子里穿过去就到他们村庄子了。我诚惶诚恐地走进他们家的院子，虽然都是农家院，但大门、房屋都比我们家新多了，上房屋里生着一个大炉子，挺暖和的。

他的母亲在家，阿良小心翼翼地介绍了我：“妈，这就是我给你说过的维华。”阿良的母亲示意我坐沙发，我当然时刻注意着她的表情。令我吃惊的是，阿良的母亲才40岁，非常年轻，脸盘不大，身材也相当匀称。尤其是她一双漂亮的眼睛给人一种坚强和聪慧的感觉。

阿良对我说过他母亲没念过书，不识字，没文化，可我的第一印象一点儿也不像。她简单地问了我的父母，家庭情况，我都如实做了回答。凭我的直觉，她对我们的家庭情况并不看好，也就是对我和阿良做朋友没有反对，但也不赞同。

回去的时候，阿良送了我好一段，我们能在一起边走边聊得快乐冲淡了我心中的恐慌和不安。

我毕业后在金山小学工作，偶尔也会碰到阿良的母亲从学校旁边路过，如果实在离得近，我会很大方地近前叫她“阿姨”打个招呼，但每次我都没能看见她见到我时的开心，她只是礼节性地回问我一下，表情很不自然。我也并没在意，我想，让时间来说明一切吧，总有一天，她会高高兴兴地接受我的。

1995年2月底，寒假结束了，我工作的新学期即将开始，阿良兰大的最后一个学期也要开学了。离我们小学开学还有三四天，于是我们约好，他上兰州时我去送他，顺便去兰大玩两天。在公共汽车上，我们的手紧紧握在一起。摆脱那个有熟人的目光的世俗环境，到了陌生的人群中，心一下子像插了翅膀一样自由。

下午到了省城兰州，真是车水马龙，我们从西关十字改乘市公交车到了他们的学校——定西路口的兰州大学一分部。学校建得很美，他们的宿舍都有中国古典浪漫味道的名称，比如“玫瑰苑”、“牡丹苑”。

阿良住在“芍药苑”一楼。宿舍里很简洁，两个高低床，四人间，大概有20平方米，每个人都有写字桌。毕竟是重点院校，比起我生活过的靖远师范那真是优越得没法说了。同室的三位同学都还没来，我帮他整理好带来的包袱衣物，换下的床单也给洗了。

傍晚，他还带我去餐厅打饭，餐厅好大，特别干净，有将近20个窗口供学生选择饭菜。他还给我说了个顺口溜："师大的姑娘，兰大的饭，农大的小伙满街转！"我笑得都快噎着了。吃完饭，我们在校园的花坛里溜达，天黑了都不觉得。哲人的话都是那么经典："走的最快的都是幸福的时光。"他轻轻的拥吻，让带着春寒的夜色都涌动着爱的暖流。

快晚上9点了，我们回宿舍楼，打算找二楼的老乡女同学让我借住，可到一楼他们宿舍，那三位都还没到来。上苍就是这样安排的，从那个白色的收音机开始，也许就注定今生的缘分。五年的时光，我们在重重顾虑下，在生存的压力和世俗的眼光下呵护着这份纯真的感情。多少次离离散散，谁都没有轻易地去越过男人和女人的最后防线。可是那个晚上，我不能也不想拒绝他的臂膀和美好的时光。如果真的要掀开道德的法典，我们也许是错的，没有人会赞同婚前性行为。

三八妇女节前夕，白银区妇联组织环城赛，四龙乡给学区下达了一个指标，学校把任务交给了我。比赛的早晨，我们来到白银，乡上领队干部带我们去吃牛肉面。我的面端来后，上面飘着两片牛肉，我一看，不知怎么说不出的恶心，但是为了跑完环城3000米的路程，我将就着喝了两口汤。

比赛开始了，几百名妇女浩浩荡荡地跑了起来，因为是长跑，大家都很自由地掌握着自己的速度。我和四龙乡卫生院的小曾一起跑着，她的身体有些胖，说自己跑不快，能坚持下来就不错了。大概跑了一半，我的小肚子就开始下坠，坠得我脚步像灌了铅似的越来越慢。前面是我鼓励小曾，后面是小曾鼓励我。太长了，3000 米呢！我心里也充满了疑惑，早上看见牛肉面就恶心，现在肚子坠的跟灌了铅似的，是不是我送他到兰大那晚怀孕了？

我捂着肚子跑完了 3000 米，嗓子像开了锅，我边走边感觉到小肚子的下坠也在减轻，里面似乎有一颗心在跳个不停。回到学校已经到了下午三点多，我趴在宿舍的床上休息，总觉得小肚子里不舒服，于是找来纸笔，给兰州的阿良写信，把情况告诉他。

3 月八九号我的例假没有按期来临，而且每顿吃饭都会恶心反应，我确定自己怀孕了，对这些情况极其恐惧又无知的我，每天怀着矛盾的心情上课、生活，等待他的定夺，每个夜晚都辗转难眠。

4 月初，阿良终于抽时间回来了，带我到北湾乡卫生院去检查结果是早孕，他的意思是让医院处理掉。但我一想自己跑了 3000 米的环城赛都安然无恙，这个小生命是多么的顽强，再说他还有三个月就毕业回来，我们结婚不就合情合理了吗？他上大学也是四龙乡委培的指标，毕业后按常规也要回到四龙乡政府工作。他听了，也没再说服我处理，还给我买了条鱼，增加营养。

五一假期，阿良回来了，我向他提到毕业后立即结婚的事，他满脸的沉重，我猜可能是他父母没答应吧。第二天，我在梁庄家中收拾准备去学校穿的两件衣服，他的母亲来到了我们家，一脸的愠怒，那张本来漂亮温柔的脸盘扭曲而丑陋。她坐在炕沿上说要带我去医院打胎，我不同意，说等他儿子毕业回来结婚。她扭扭头："那你就自己生去吧，我儿子要是和你结婚，我就和他断绝母子关系！"说完，扬长而去。

母亲坐在一旁默默地陪着我，我的眼泪像断了线的珠子打湿了衣襟：不就是嫌弃我们家贫穷、单薄、无依无靠吗？难道穷人家的孩子就不配拥有爱情吗？

第二节　生与死的抉择

那个神奇的小生命在我腹中悄悄成长，从小就很单薄的我，肚皮也紧紧巴巴，虽说快四个月了，但没人能看出来。学校的老师起初只听了很多我和阿良谈对象，他父母不同意的议论。后来他们家里决定不要我和孩子，我怀孕的事也不胫而走，这在我们当地都是爆炸性的新闻。老师们有的对我投来鄙夷的目光，有的也很同情，但谁都没有直接问过我，大家的心里也很复杂。校长和其他领导都是男的，也没有为难过我。

我搬到梁庄的家里，没再住校，每天骑着自行车，带上中午的干粮，晚上回家就可以吃到母亲做的饭。为了保住这个来的不是时候的小生命，为了争取我们的爱情有一个结果，我从一个年轻、漂亮、多才多艺的光荣乡村女教师，变成了别人背后指指戳戳、行为不检的越轨的不光彩的坏姑娘。白天，我得装成若无其事的样子去学校上班，晚上一个人躺在炕上，回想过去，想想现在面临的一切，说不出的孤单、无助。

后来我算了一下，怀孕期间的280多天里，我没有睡过一个囫囵觉，都是在恐惧、不安、悲愤中冥思苦想，睡着惊醒，这样反复着度过的。

1995年6月中旬，阿良毕业了，分配到了四龙乡政府。后来我才知道，阿良的母亲曾去托付阿良的堂舅在省城找了两个就业单位，一个是省政府，一个是大公司，但他为了怀孕的我都没有去，选择回到了四龙。

阿良回来，我的心里踏实了许多，这样我们就能争取让他的父母接受我，同意我们结婚，给我一个名分，给我们的孩子一个出生的理由。现在想想，那时的观念真让人不可思议，一个生命出生的理由是一场婚礼，而不是怀孕。

我们俩照了相，准备到乡政府办理结婚证，他也在做父母的工作。我为了让他的父母不再嫌我们家穷负担重，攒下了所有的工资，预购了乡政府给干部和老师们建设的家属楼，大约有60平方米。他偶尔带我到他们家中去，我也会很温顺地主动和他的父母打招呼，看到他母亲做饭，我便赶紧给她帮忙打下手。尽管她的脸色很难看，尽管她曾经说过很难听的话，我还是抱着希望，想得到他们的理解或同情。

快放暑假了，父亲放下传统的婚嫁观念，亲自去了他们家，请他的父母接受现实，能够给我们一个简单的婚礼，好让我们一家人也有颜面做人做事。虽然他的父母没有给父亲当面答复，但态度上没有以往生硬了。

阿良和他的父母商量想收拾院子东边的房子，没有得到一分钱的援助。于是他找到以前的同学借了1000块钱，我俩上白银买了窗帘和装衣物的柜子、糊顶棚的彩纸。我俩亲手和泥抹炕，踩着板凳糊住顶棚，就算是收拾好我们的新房子。

终于，我们的积极努力感动了上苍，1995年7月初，阿良告诉我，他的父母同意我们结婚，而且找风水先生看了日子，定在农历七月十六让我们举行婚礼。听到这个消息，我简直不敢相信自己的耳朵。自从怀孕，我的胃就一直反常，好像不是自己的，想吃什么就立即馋得不行，等到摆在面前，又看着恶心。听了这个消息，我感到浑身都轻松了，像囚犯解去了枷锁，好想大吃一顿。那天中午，阿良带我去附近的一家小饭馆吃炒面片，我吃了好几块大蒜，都没有恶心的反应。

晚上下班回家，我把这个消息告诉了父母，他们皱了几个月的眉头终于舒展了。那一夜，我躺在炕上，开心地感受着腹中的小生命做操一样地踢我，仿佛在用他的小拳头小脚为我鼓劲。多少个夜晚的泪水伴着无眠，多少次擦掉眼泪强打精神去给孩子们上课，多少个中午一块干粮就着开水默默下咽，多少双锋利的目光刺在我的身上……一切都要过去了，我们的爱情即将迎来胜利的曙光。

放暑假后，很快就接近农历七月十六的日子了，小宝宝也加快了生长发育的速度，也许是心情好、吃得香、睡得好的缘故。

农历七月十四中午，家里来了两位亲戚帮母亲给我准备嫁妆，我在灶台边烧开水，热得满头大汗。忽然听到院子里进来客人，我出去一看，原来是阿良的父亲——我未来的公公。我和父亲赶忙迎他进上房，猜想一定是来商议娶亲的一些程序，农村的婚俗非常烦琐。

我倒了杯水，等待未来公公的安排。他喝了水，说话很生硬：“我今天来先给你们说一下，婚先不结了，我家的钱借出去没要回来，没钱办！”一句很干脆的话，听起来也有理由。父母大吃一惊，急忙问啥时才能办，他说等我生完孩子以后再办。说完后便立即离开了我们家。

在他第一句话落地的一刻，我的心脏在胸腔中明显地打了个颤，我想争辩些什么，但一个字也没说出来。帮忙准备嫁妆的表姐把我揽在她的肩头，一个劲地劝我不能生气、不能哭。我想哭也哭不出来，一阵恶心呕吐，吐出来的全是白沫。

过了一阵，一切又恢复了平静，我到小屋休息，几个亲戚也离开了。我换了一件长袖的衬衣，在镜子前将乱蓬蓬的头发打理整齐，穿上那双我特别喜欢的白色凉鞋，走出家门。我也不知道，除了这个生我养我的家，哪里是我的容身之处。命运安排我没有兄弟姐妹，即使有兄弟，这个家只能作为女孩子的娘家，也将无法容纳我这样的姑娘。

我穿过动力厂家属院，顺着大渠往前走着。走过粮站大门过了马路，继续走上大渠沿，这条渠是从黄河中抽水灌溉庄稼的主渠道，它的尽头就是黄河。我一个人走着，身边的一棵棵槐树、杨树随着微风发出“沙沙”声。一只只蚂蚁在树干上、渠沿的落叶上、草丛里急匆匆地寻找食物。我麻木的脚步没有心思去躲闪它们，如果不幸被这双没有目标的鞋子踩过，也许就是它的命运。

河水的“哗哗”声越来越近，驻足在渠梁上，就能看到黄河水从西南面涌动而来，在大渠尽头河岸一带转身向东流去。盛夏的河水不那么清澈，土黄色中微微泛出一点蓝色。我由脚带路走下渠沿，一块块石头像不规则的梯子层层而下，我径直下去，离水很近的地方全是卵石。

坐在卵石上，面对奔涌的河水，我的心像石头一般平静。我回想起三年级开始看果园、卖菜、卖苹果、抓蝴蝶……童年总是那么无忧无虑，如果不要长大多好。后来读初中虽然有些蹉跎，但也没有太大的压力，只想改变命运，不再重复父亲的生活。上了师范我是最优秀的师范生之一，编报、主持、播音、在舞蹈队跳舞，毕业前夕就入了党……然而一场情感经历让我成了这般狼狈的样子。

我原来以为，自己只是身体单薄、家庭贫穷，和同龄人来比，差距并不怎么大，可自从阿良带我去了他们家，看到的就是他爸妈的硬邦邦的脸色。为了嫁给阿良，我小心翼翼地在他们面前，像低人一等，连大气也不敢出；怀了他们的孙子，也得不到认同；好不容易定下的婚礼，又轻而易举地被取消。这是为什么呢？老天就要眼睁睁地看着我成为被人们鄙视的未婚妈妈，早知道门不当、户不对，他们这样下瞧我，早知道这段感情没有结果，我又何必搭上人格尊严，搭上一个姑娘的名节去强求那个所谓的名分呢？

我站起身，把两脚伸进了河水中。河水凉凉的，真好。我继续向水中走去，一步、两步、三步……脚下都是石头沙子，河水没上了我的膝盖，我感觉得到水流的力量。河神，请收留我吧，我愿轮回成河岸边的岩石，日夜接受河水的洗刷，直到洗清我身上的罪孽。

又走了两步，我快要被河水冲倒了，也许是下意识吧，我的双手抱在自己的腹部。就在这时，肚子里的小家伙蹬了我一下，我条件反射般地向后退了一大步。天哪，我要葬送自己，还要亲手扼杀这个无辜的小生命吗？他还没来到这个世上，虽然我们时刻在一起，但还未曾谋面。自己要死，自己软弱，还要搭上自己的孩子殉葬吗？多少羞辱、多少泪水、多少无眠，不就是为了这个孩子吗？一瞬间，我突然觉得自己是那么的可笑、懦弱，甚至愚蠢。

不，我不能死！我的孩子有爸爸，我必须保护好他，这是一个母亲的职责！我快速回到岸边，向家的方向走去。

第三节　自我的觉醒

经历了一次生死抉择，我彻底平静了。对一个婚礼的绝望，唤醒了灵魂深处的另一个自我。那个我再不愿用眼泪乞求别人的同情，那个我也不会再用死亡澄清自己的过去，那个我要在迎接新的生命的过程中逐渐豁达、乐观、坚韧。

我和阿良去四龙乡领了结婚证，从法律的角度上我们已经成为合法的夫妻。国庆节过后，天也渐渐变凉了，母亲亲手缝制了小宝宝出生时要穿的小棉衣、小棉被。我也换了一件很宽松的格子衣服，和往常一样上班。

闲暇时，我和女老师们坐在办公室聊天，正好有位姓白的女老师上学期刚生过小孩，常常提到生孩子和坐月子的经历，年长一些的女老师也就对大家讲起当年自己的一些事情。我不敢插嘴，但听得很用心。

1995年11月13日是我的预产期，我悄悄地做着心理准备。女老师们的经历一个跟一个不一样，但总的来说，我知道生孩子是一件很不容易的事情。10月底，我向学校告了病假，按我们当地的风俗，女孩子是不能在娘家坐月子或怀孕时出现小产等不测，那样对娘家不吉利。学校我也不能住了，因为我怀孕的事毕竟没有公开，平时我一切正常，谁也没看出我怀着孩子。

阿良带我到他们家，把我安顿在东北角的一间小屋子里。他的爸爸妈妈没有为难我，他们白天出去干活，晚上回来，我帮他妈妈做饭、洗锅、搞卫生。每天等到晚饭时阿良下班回来，我的心才能踏实。

1995年11月7日，我身体有些不适，阿良背上包，带我坐上“招手停”来到北湾乡医院。经过检查，医生说我已临产，胎儿入盆情况不太稳定，需要住院等待分娩。我们到后面去办理住院手续，值班的小护士细声细气地问我：“你住院治啥病?”我说：“要生孩子。”她用惊讶的眼神上下打量了我一番，问我：“你有孩子吗?”我不好意思地笑了笑，对她说：“反正医生说快生了。”小护士开心地笑着给我们办了手续，嘴里念叨着：“要生了都没肚子，真看不出来。”

我住进了这个简陋的乡村医院，因为产兆不明显，大夫把产房的钥匙给了我，每天负责给产房生炉子、搞卫生。短短几天，来这儿生孩子的妇女有四五个，我算见了世面了，孩子死在肚子里的、引产的、生了女孩不要的，我的心也跟着像十五个吊桶打水一样七上八下的，没有平静过。

11 月 12 下午 4 点多，我感到有好多水滴个不停，就对同室的病友说了，她用特别肯定的语气告诉我："你要生了！"我跑到值班室，小护士说接收我的唐大夫回家吃饭去了，他们会想办法通知的，并让我赶快通知亲人陪护，随时处理一些意外。阿良还没有下班，白天就我一个人，没有电话，我也没有熟人，我通知谁呢？

我突然想，出了医院，到北湾马路上或许能碰上认识的四龙人，可以捎话给阿良。我小跑着出了医院，穿过一条小巷，来到马路边。马路上车来人往，我盯着往四龙方向走的车和人看了三四分钟，也没有一个认识的。

我感到肚子隐隐作痛，还伴随着下坠的感觉，还是回病房吧。我双手抱着肚子回到了医院的病房，医生还没有来，而我已经感到坠得快啃地了。我在病床上打开包裹，把小棉衣、小棉被拿出来，铺了半床卫生纸。病友的婆婆问："姑娘，你这是干啥？"我忍住疼痛告诉他："阿姨，我就在这生孩子，你们不要介意。"她着急地说："哎呀，这哪儿行呢？我去找护士催一下大夫。"

大约过了十分钟，唐大夫来了，她还笑着说："你这几天不生，我刚端饭碗你就生。"我捂着肚子打开产房的门，唐大夫检查后说今晚前半夜保证要生。她帮我生着产房的炉子，让我去病房先活动。快 7 点了，阿良来了。我一会儿抱着枕头跪在地上，一会儿抓住他的胳膊，他的手腕子都让我咬破了。

8点过了，医生让我到产房上产床，10点10分，我听到了孩子的哭声。有一种感觉叫解放，就是那一刻我的感觉。小护士说："你们看这娃娃的小牛牛长得真好看。"我知道生了个男孩。唐大夫给孩子过了秤，小护士喊着："哎呀，七斤八两！她来住院的时候连肚子都看不出来！"唐大夫说："羊水少，娃娃大，是这几天出生的孩子中最大的。"

阿良的父母听说生了个男孩，第三天就把我和孩子接到了他们家。一个多月后，我病假期满，去学校上班。我告诉所有的同事，我请假去生孩子，孩子已经满月，他们没有一个人相信。紧接着放寒假，农历腊月十一，阿良的父母因为抱了孙子而认可了我们母子，为我和阿良补办了婚礼。没有戒指、没有婚纱、没有结婚照，但有我用生命呵护降生的儿子，他长得像我，也像他爸爸，很俊。春节后不久，新的学期开始了，婆婆家离学校很近，我把三个月大的儿子抱到学校给同事们看，他们你抱抱、他抱抱，笑得前仰后合，都说我在给大家变魔术。

1995年，是我人生历程中最最不平的一年，那一年的风风雨雨让我在巨大的压力中学会了默默承受，也让我在坎坷和无助中学会了自己做主。

完成了生子、成家两件大事后，我开始思索自己的乡村教师之路。面对家乡的中心小学，面对我在学校的岗位，我知道自己的力量是多么的有限。然而不论生成了大树还是小草，都应该努力地生存，努力地争取阳光，才能挥洒生命的绿色，荫蔽别人，装点生活。

学校的条件确实很差，仅仅是"三有"，有教师、有教室、有课本。学校的管理也确实很松散，没有制度可依，没有任何激励机制，一切工作只是维持现状、按部就班，校长和主任都是工农兵时代的老好人，没有适应时代发展的教育思想和办学理念，只能推日头下山。家长的观念也相当落后，整天忙于家里的一亩三分地，无暇顾及孩子的教育，甚至孩子上学交学费也成了家庭负担型的开支。老师们在这样环境中工作，没有竞争、没有激励、没有专业成长的平台，渐渐地麻木了，不思进取。

面对这些，我起初也很无奈，经历了那段起伏不平的爱情和婚姻之后，我内心深处时刻都希望用先进的、文明的、人性的文化和观念来启蒙家长的孩子们，至少在我们下一代身上，不会再有重男轻女、封建迷信等愚昧思想。

1996年的秋天，孩子们升四年级了，开学的第一节班会上，我在黑板上给大家出了一道简单而重大的题目“你的理想是什么?”要求每位同学十秒钟后都参与交流。班长李海东带头讲他的理想是成为科学家，李虎明也很快举手，他的理想是当作家，梁巧红的理想是做教师，白晓勇的理想是当宇航员……近20位同学畅谈后，没有人再举手。40来个学生，还有一半没有理想吗？我细心琢磨，没谈的都是学习一般，家境也不太好的同学。我找了一位平时较活泼但没举手的男孩子，请他谈谈自己的理想，结果他站起来，抓耳挠腮一阵子，最后不好意思地笑了笑，说：“老师，我没想好呢！”同学们都笑了。“还有哪些同学没想好自己的理想?”我微笑着问大家。不一会儿，十几只手举了起来。

我告诉大家："同学们还小，有些同学的理想还不确定，这没关系，今后在成长的过程中，慢慢地思考选择。但是无论做人做事，没有目标是不行的。努力实现自己的目标，为周围的人和社会发挥自己的才智，人的一生才会有意义。有的同学理想很远大，有的同学理想较平凡，这也是正常的，我们既需要老师教我们学习，也需要医生给我们治病，社会需要出类拔萃的顶尖人才推动生产生活的进步，也需要清洁工等平凡岗位的奉献和付出。"我向没有确定好理想的同学提了一个建议：你喜欢哪一种或哪几种职业，好好想一想这种职业的特性是什么，有什么意义，初步确定为自己的理想。

第二周，我布置了一篇练习作文《我的理想》，这样一来，既进行了理想的交流探讨，又进行了理想的成形思考和作文，全班同学都成了有理想的孩子，我的"理想教育"初步地在语文教学中渗透开来。

在已有的条件和模式面前，我能给学生的太有限了。孩子们生在落后的农村，父母也没有多少文化和见识，除了交学费，买书本和笔，几乎就没有给孩子学习的投资。年少无知的孩子只知道背上书包上学，却不知道上学为了什么，将来要干什么。等到稀里糊涂读完小学，有些孩子的小学基础不好，初中跟不上趟，相继就辍学了，又开始了用父辈的农业技术养家糊口。正如那个搞笑的山里娃所答："长大了放羊，放羊为了娶媳妇，娶媳妇为了生娃，生的娃长大了再放羊。"物质的贫穷让人本来就对未来降低了标准，如果没有精神的支撑，和放羊娃又有多少区别。我能做到的，就是帮学生树立理想目标，为理想努力学习锻炼，为明天积蓄能量，做好准备。

自从孩子们有了理想，班里的“官司”一下子少了，早读的时候没有一个孩子捣乱。每逢大扫除或劳动，孩子们争着干脏的重的，因为他们要为理想锻炼。每两周的班会上，我和大家一起总结一次：这段时间，你为理想努力做了哪些，取得了哪方面的进步？孩子们有的说自己的理想是当医生，这段时间他不但注意洗干净手脸，也爱搞卫生了，医生首先要自己讲卫生；有的孩子说自己的理想是当老师，老师首先要把字写好，所以他这段时间努力把字写端正了……点点滴滴，都是进步，胜过你在讲台上吆喝半天。

有理想，才会产生信念，有了信念，做什么事情就能坚持，坚持才能够做成事。

学校的德育工作一直以品德课本和老师的说教为载体，多少年来一成不变。学生犯了错，全部是正面说服教育，讲一堆大道理，批评得他脑袋都耷拉下为止。我发现学生犯错，违纪并不是他本质不好，而是因为孩子天生好动，而你没有引导他做一些有意义的事情，消耗他旺盛的精力和课余时间。

农村的娃娃，家长操心少，反而身体很皮实，这和他们生活天地宽有很大关系。课间闲下来，孩子们也左动动、右玩玩，注意力松弛了，身体闲不住。我允许女生每天都带她们爱玩的沙包、毽子，男生带来滚珠和铁环，课间大家分成组，按游戏规则，打沙包、踢毽子、滚铁环……特别热闹。这样，有时会有孩子不小心摔跤，但再也没有出现谁和谁打架了，谁翻厕所边的校墙了等违纪现象。有时我也和女生一起跳皮筋，只要我参与，孩子们都格外开心。

我带的班里男生多，学校的垃圾归我们班清理，劳动是经常的事情。他们小小年纪就学会了用架子车拉运垃圾，从不计较脏和累。尤其是几个学习成绩很一般但身体素质好的调皮男生，劳动中表现得让我也佩服。我鼓励他们：劳动创造了人本身，劳动好，将来凭力气和技术同样为社会做贡献。可我还是总觉得在劳动教育和思想品德教育中间缺点什么。

一天下班后，我从街道走过，道路上纸片、包装袋等杂物到处都是，乡政府门前两旁的树窝里也落满了纸屑、塑料袋类的垃圾。这条街是四龙乡最热闹的地段，也代表着四龙乡的形象，这样脏，太没面子了吧！

我到学校和李校长商量，决定由我们班推出“红领巾一条街”活动。每周星期五下午，我都亲自带领全班同学义务打扫卫生院至乡政府往东到学校门前共约 300 米的街道。当我们扛着扫把，提着水桶，排上队伍出发，和垃圾大战之后再排队回学校时，我和同学们的心里都洋溢着一种能够奉献的自豪，周围的乡亲们也向我们投来了赞许的目光。

这项活动占去了星期五下午的最后一节自习课，有的老师提醒我，周周少一节课，会不会耽误了学生的学习。可我告诉我的孩子们：每周做一件有利于他人的事情，这比会解几道算术题有意义。后来我当了学校少先大队辅导员，我把这项活动推广到学校三年级以上的八个班，让全校 60% 以上的孩子都在劳动中体会创造价值的快乐，从而塑造他们热爱劳动，乐于奉献的优秀品格。

孩子们的学习任务完成整体效果特别好时，我会把一些活泼明快、生动好听的歌儿教给他们，比如《三月三》、《小螺号》、《采蘑菇的小姑娘》、《在那桃花盛开的地方》、《小小的我》……批阅他们越来越整洁的作业，听着他们嘹亮的歌声，我慢慢地、慢慢地感觉着一名乡村教师的幸福和快乐。

1998 年六一前夕，学区下通知准备举行八所小学体育比赛和文艺汇演，各小学都有 2 ~3 个节目参加全乡儿童的演出。我在班里挑选了 13 个活泼好动的孩子，利用课外活动，为大家编排了舞蹈《鲁冰花》。舞蹈动作均以小跳步、弯腰、手臂的摆动为主，后边有一点高潮部分仍很抒情，但有一个下叉的动作。孩子们第一次跳舞，卖力得很，但毕竟没有接受过任何基础训练，筋骨没有拉开，下叉就很难。女生还好一点，个别男生两腿前后分开自己往下试就难受得脸部表情都变形了，让人忍俊不禁。

学校没有舞蹈室，我们的场地就是土操场，引来围观的学生很多，都被劈腿的动作逗笑了。于是我布置大家回家在炕上先练两天，排练时先将这一动作忽略。两天时间过了，我让大家下叉看看，谁料我喊："一—二—三"一出口，齐刷刷都劈下去了，我和其他围观的同学都笑得东倒西歪。六一文艺汇演中，我们班的舞蹈是最棒的，整齐、优美、抒情，还有鲜明的迎接澳门回归的主题，金山小学文艺汇演荣获学区一等奖。

老师，就是要用自己的知识去点燃孩子的理想，用科学加艺术的方法去开启孩子的心智。当老师，都应该当个孩子们喜欢的好老师，这是教师职业自身的要求。

下　编

村小校长和贫穷儿童

第一章
从金山到永兴

1998年秋，我因为教学业绩突出，被四龙乡提任为金山小学副校长。2003年3月开学，因永兴小学在报名当天发生了教师之间的严重冲突，校长被免职，乡政府命我去接任校长工作。

第一节 筹资修路

永兴小学是四龙乡最东端的一所村小，规模仅次于金山中心小学。1998年以前，永兴小学的成绩一直位于全乡第一名，永兴村也在四龙乡以村风淳朴、尊师重教而闻名。

一个简单而严肃的任命会议之后，乡上和学区领导都走了，把我留在了这所虽然经常听说却从来没有踏进来过的陌生小学。28岁的我，尽管满怀一腔的热情，但也免不了内心的紧张和畏惧。

学校占地不大，最北面是一幢三层的教学楼，楼前东西两侧各有一幢旧教室，东侧的是教师灶房，西侧的是学前班。教学楼门亭前五米处有一个简易的旗台，旗台周围和旧教室前都是学生课间活动的空地。校园南边是土操场，校门也开在南面围墙的中间，两个砖墩子，两扇铁栏杆的门扇，很旧，油漆都掉得差不多了。校门和教学楼前纵贯着一条土路，很多大小不一的石头露出路面。毕竟不是中心小学，条件当然要差得多，我在心里对自己安慰着。

刚报完名，会计把收费票据和财务账目拿到三楼我的办公室来汇报。当时的会计是一个年轻的小伙，叫王学前，因为他已被任命为学校的教导主任，所以急着汇报清楚好把账交给新会计。这一汇报不要紧，我听了之后可以说是愁喜交加，这学期账上学杂费和学前班的保教费共有15000元，上学期竟然还节余了4000元，合起来要19000元呢。学校的运转经费相对宽裕，这个家就好当一些。但我从没有当过家，这么多钱，哪里该花，哪里不该花，心里尚且没底。

王会计还把自己接过来的教导处的工作简单说了个头绪，他征求我代课的意见，建议我代社会、品德之类的课，我跟他急："那怎么能行？校长不上主课，怎么管老师？"他拗不过我，安排五年级二班的数学让我代。

全体教师会上，王主任向大家公布了代课、排课情况，16位教师一次通过，没有提出任何异议。我向大家安排当周工作后，坦诚地告诉老师们："我很年轻，不会当校长，在今后的工作中，请大家多多指教。我拿不准的事情，老师们共同商议。我们的学校，我们一起管。"

两周之后，我和老师们、学生们渐渐地熟了，心里有说不出的欣慰。永兴小学的老师质朴勤奋、敬业爱岗，学生乖顺听话、吃苦好学，校长只把常规工作安排好就行了，不用刻意去管谁。大家各司其职不说，一些教师经常利用课外时间，义务辅导学习上有困难的学生。除了带课、批改作业、辅导学生、召开例会外，我琢磨着，学校目前最需要解决的问题是什么？

2003 年 4 月下旬的一天，天气突然变阴，下起绵绵细雨，操场泥泞不堪，学生没法做课间操。到了中午，雨几乎停了，放学铃响过后，老师们组织学生排队出校，孩子们的鞋子连湿带泥。深一脚浅一脚地走在校园中间的泥路上。有的女老师穿着高跟鞋，自行车也只能放下，步行回家。因为土路里还掺杂着石头，高跟鞋接二连三失去平衡，蹒跚趔趄的身影真让人担心。

下午上课铃一响，300 多双泥鞋子踩进教学楼，楼梯间、走廊里，到处都是泥巴。楼是旱楼，没有上下水，搞卫生用水还得到校园东边的水窖里去打。窖里的水是护校的临时工也就是离学校最近的农民老许赶着他家的驴车从别村的水管拉来的，每天搞卫生每个班限量一桶水。一下雨，楼上的卫生真的让人头疼。

五一节前，我召集学校班子成员进行商议，我把学校的财务向大家公布清楚，提议为了老师和学生走路的方便，也为了教学楼的卫生不再受雨天的影响，学校拿出 8000 多元，硬化校门至教学楼前面 200 多米的道路。班子成员一致赞同，修路的事看来大家都盼望已久。

说干就干，我和年轻的教导主任、总务主任商量了两节课，道路的平面示意图基本就定稿了。村里有一家姓余的，兄弟们多，老小都20好几了还没娶媳妇，大家想干活挣点钱帮帮老小。他们组成了一个修路队，承包了我们这条路。当哥哥的都是为了出力帮弟弟，他们挣的微薄工钱都归弟弟。

2003年五一节长假第一天，校园的道路开工了。我和两位主任每天坚守在校园修路现场，随时处理遇到的问题。路两旁设计了绿化带，可是基础里石头太多，即使表面上围成绿化带的样子，里面种树种花也都挖不动。所以修路队提出最好把绿化带范围里的地基深挖一米，捡出里面所有的石头杂物，再填上土方整平，这样才能实现绿化的目的。

我们觉得他们的建议很切合实际，但工期紧，他们人手不够，怎么办呢？我和两位主任找来附近的老师，我们也组了一个动员队，到村里有上学孩子的家中，给家长做动员工作，希望他们义务投工一天，女的挖地基、捡石头，男的刨石头，用拖拉机、架子车向外拉石头，往里运土方。

家长们见我们亲自上门做工作，都十分支持，纷纷带上铁锨、镢头、架子车，有的还把自家的手扶拖拉机开到学校义务投工。5月2日的一天，学校里来了三四十个家长，他们和修路队的余家兄弟不分彼此，热火朝天地换好了绿化带的土方，许多学生都来学校捡石头、搡车子，几位老人也站在校门一侧，边议论边看热闹，脸上露出了欣喜的微笑。

2003年五一节后，一条崭新的宽4米、厚15厘米，长230米的水泥路展现在了全班师生的面前。看着孩子们撒开脚在水泥路上追逐、游嬉，我的心里甭提有多高兴了。

到最后一笔款项结算的时间了，小余和他大哥一同来学校找我，我安排会计把剩下的2000元付给他们。小余却坐着不走，脸上露出为难的表情。我一问，他才吞吞吐吐说了实情。原来他包活修路没有详细的预算，以前也没有修过这么厚的水泥路，再加上还要修绿化带，现在一算他们根本就挣不了钱。我拿过他的算账详单让会计核了一遍，除了材料费、拉运费、临时雇人的人工工资，真的所剩无几。这可咋办呢？我们班子开过会，只能拿出8000元来修路的。如果再从学校账上支修路款，学校护校、代课（临时）教师的工资就成了问题。看着小余黝黑质朴的脸，我也没好意思批评他。会计把他们余家十来个人八天的工钱按每人每天50元算了一下，大概有3500元左右。

我让他们兄弟先回，紧接着就和总务主任去找村委会领导。村主任姓许，是我们当地的企业老板，他虽然办厂子很有钱，但村上是空架子。他的老婆在旁边听完我们的对话后，很是同情，立即从兜里掏出500元说："他爸，村上没钱，但也不能让校长空手回去，这500元钱咱们捐给学校修路！"说着把钱塞到我手里。

村长提了个建议，让我们到乡上找领导说一说，或许能解决问题。我又让小王骑摩托车带我到了乡政府。我们先找到了我的爱人阿良，他在乡政府当办公室主任。他听了学校修路的情况后带我们到楼上找到乡长，没想到乡长特别爽快，一口答应解决修路欠下的3000元。

我一颗悬着的心终于落了地，路也修了，小余娶媳妇也有指望了，这不是一举两得吗！我回到学校通知会计去乡政府拨钱的时候，几个老师正好在走廊里，他们听说乡政府解决了修路的欠款，对我开玩笑说：“我们的校长还有啥挑的，年轻有魄力！”

一条路，一条从校门口通向教学楼的路，是我到永兴小学办的第一件事情。说句实话，长这么大，没干过这么大的事，没花过这么多的钱，也没想过这么多的筹工筹资的办法。虽然学校困难，但是校园的气氛是和谐的，通过动员家长、找村上乡上，我们也和村民家长、村委会、乡政府建立了理解、支持、信赖的关系。路的意义，原来是这样深远……

第二节 种花植树

转眼间到了第二年春天，几阵起伏多变的扬沙天气过后，气温也跟着暖和起来。

2004 年 3 月底，到了当地的植树季节。往年，校园里除了旗台的四个小绿化带里种些小花之外，几乎没有花草树木的影子。2003 年秋天，我让护校的许老师采了许多旗台的花籽，都是些小野花，但开起来也很好看，什么八瓣梅、串子莲、蝴蝶花、喇叭花……

老许可爱学校了，平时护校，尽职尽责，还用驴车拉水，只要是学校的活，他都喜欢干。老许和自己的老母亲一起，用铁锨把旗台、楼前的花园、路边的绿化带翻了一遍，还施了农家肥。我让老许把花籽分给四、五、六年级各班，并给每个班分配了种花的任务和区域。我带着教导主任、总务主任骑上摩托车到北坪的示范园找园长王耀国。

王耀国是我们当地的农民，因酷爱种植树木果品而闻名全乡，乡政府投资建设的北坪示范园就由他来负责。他在园区路边、周围种了各种长青树，在大棚里栽培各种外地引进的、奇怪好吃的反季节果品。他也是金山村人，待人和善，和我们当地的老师们都认识。

我们在山脚下示范园的简易办公室里找到了王耀国，我直接向他说明来意——想便宜购买一些他栽培的侧柏树和青杨树苗绿化永兴小学。他听了笑眯眯地问我："便宜到啥程度合适?"我们也笑了，"侧柏一米五的一棵五元，青杨三厘米粗的一棵两块!"他听了哈哈大笑，然后认真地说："小苏，我知道学校穷，贵的树苗买不起，你们要的树种都是我这里常见的，路边上密密麻麻稠着呢，全当你们给我帮忙往稀里间一下，学校栽，一分钱不要！只不过你们要来自己挖树苗，我这里没有工人。"我们听了，握住他粗糙的手一个劲地说："谢谢！谢谢!"

回到学校，我召集全校师生开了一个动员会，内容就是：一、三月份的最后一周周末全体教师和四至六年级的学生为校园植树，我带领女老师和学生在校园里挖树坑，负责栽树，两个王主任带领三位男老师和六年级的男生去金山示范园里挖树苗，雇用村里的一辆三轮车，把挖好的树苗运到学校。二、四月份第一周的周末下午，四至六年级的班主任带领本班同学按照划分的区域种花，各班自行设计小木牌，上写保护花草树木的广告语。

植树那天，天气不是很好，下午又刮风又扬沙，可是校园里却热闹非凡，学生老师都分配在花园、水泥路旁、校墙里侧四周，你一铁锨他一铁锨使劲挖着。因为常年缺水，土层干得像锅巴，铁锨蹭在上面“当当”地响。三轮车的声音一响，准是又一车树苗运来了，大家争着去抱，侧柏树都是一米五以上，挖的时候留了很大一块土根，每个树苗都很重，要三两个男生才能搬下车。

一车、两车……一共挖来了50棵侧柏，我们大家像对待珍宝一样把它们一棵棵抬进挖好的坑里，均匀地填上土。女生从老许驴车的大桶里接上水，给每棵柏树浇两铁桶水。小小的柏树一栽下去，立即就给光秃秃的校园带来了绿色。还有五十棵青杨树，我们把它全部分配在学校内侧，三米一棵，排列得整整齐齐。五年级二班的学生干得最卖力，从三轮车上抬树苗时，都用自己的衣襟兜住根部的土块，生怕原土掉落影响小树成活。

老师们都酸酸地夸他们：“校长代课的班嘛，表现当然积极。”我们的头发里，衣服上全是尘土，天气又刮沙子，鼻孔、甚至嘴里都是沙尘，可是大家都是那样兴致勃勃。在这个干旱、荒凉的村小里工作、学习，老师们和孩子们都想用自己的劳动改变她、梳妆她。

十年树木，百年树人。从此，学校安排中高年级的班级每两周劳动一次，就是给小树浇水。水仍旧是由老许用驴车往学校拉，一趟一大桶，水费和拉运费每趟给老许补助5元。五一过后，小柏树偷偷发着新绿，青杨树枝干上冒出了叶芽，孩子们种的小野花也破土而出。六月中旬，校园里的各种野花竞相开放，尤其是教学楼前的小花园里，粉红的八瓣梅、紫色的喇叭花、红白相间的蝴蝶花……一团团、一簇簇，争奇斗艳，把校园装点得美丽极了。

第三节　救助文静

刚带数学课，我确实心里没谱，所以也就格外认真，不光把参考书翻得要紧，对五二班的各种情况也很关心。2000 年初夏的一节课上，我和同学们相互问好后，刚要切入新课的主题，眼睛环顾了整个教室，突然发现有一个座位空着，是一个叫张文静的女生的。我问同桌张雪梅怎么回事，她说张文静同学病了，前天上体育课活动时晕得厉害，站都站不住，所以就向班主任请假了。

下课后，我立即去了班主任师老师的办公室，班主任师老师了解得也很详细，并且知道张文静的妈妈带张文静上白银人民医院去检查了。连续几天，文静都没有来学校，我心里着急而又不安。我让离他家近的同学天天晚上放学去了解情况，第二天总是得到文静还在白银检查治疗的消息。而且啥病，在医院的哪个科，哪个病房都没有确切信息。直到一周之后，几个同学告诉我，文静回来了。

我和教导主任小王、师老师立即赶到了文静家。这一看不要紧，先前的焦虑和不安变成了对自己眼睛的怀疑。一座低矮的小土院，没有大门，进门的土墙边立着几根木棒组成的栅栏作为能分开里外的门扇。院子背面有几间土屋，文静的妈妈出来迎接我们。她黝黑的脸颊上显出朴实而略带窘迫的微笑，她用粗糙的双手和我们挨个儿握了手，领我们进了一间最大的屋子。

进屋后，只见文静从炕上硬要下来迎接我们，我们急忙阻拦她，没让她下炕。文静身体很虚弱，脸盘有些水肿，蜡黄蜡黄的，一双本来就小的眼睛被浮肿的眼皮挤成了两条小缝。她坐在炕沿上，一面说着感谢的话，一面给大家让座。我们只能都坐在炕沿上，因为屋子里除了炕，没有任何家当和可以坐的板凳。

当我们问起文静的病情，她们母女同时低下头流泪了。文静边哭边告诉我们，她得了很严重的贫血，医院检查完要她住院治疗，不仅要输血，还要通过药物调理，增加她的造血功能。如果不及时住院治疗，这种病有可能发展为再生障碍性贫血。文静在母亲的陪伴下只住了四天院，红细胞还远远不达标，但钱已经花完了。在没钱继续支付住院费和医疗费的情况下，只能出院回家休养。

说完后，文静擦了擦眼泪："校长、老师，感谢你们来看我，我一定努力多吃饭，按时吃提升红细胞的药，争取病早点好，早点到学校上学。"临走时我们对她们母女说了很多安慰的话，懂事的文静还向我和师老师问语文、数学课上到哪里了，她在家要自学。

回学校的路上，我一直纳闷文静的父亲怎么没有露面，王主任告诉我，她的父亲一直是个病病歪歪的人，根本就没有劳动能力，自己一天转到哪里是哪，家里大小事情就靠母亲一个人打理。

回到学校，我召开了学校班子会议，倡议全校师生为张文静同学伸出援助之手，捐医药费，让她能尽快得到治疗。倡议书发到各班一天之后，班主任们就收到了同学们平时攒下的毛毛角角的捐款。会计把全校师生的捐款收集起来，约1000元。学校派王主任和师老师亲自再去文静家，把捐款送到了她们母女手中。

文静再次住进了医院，十天之后，红细胞达标出院，并返校上课。文静返校的那天，她和母亲一同来到学校，找到我一个劲地说："谢谢"，见到哪个老师都要抓住手，说学校多好老师多好。虽然她的言辞单调笨拙，但她含着泪花的双眼里流露出的是比任何一种语言都真诚的谢意。

爱是一种力量。为文静捐助医药费虽然是一件小事，可这件事让我从一个小学女孩的身上看到了爱的力量究竟有多大。自从文静病愈返校，我们就发现她和以往大有不同，首先是性格的变化，她从一个文文静静细声慢语的女孩变得活泼大方，爱说爱笑了。

也许是因为学校、老师、学生对她治病一事的关注，给了她这个穷困孩子成长的信念。她虽然落了课，但她全部进行了自学，对含糊的知识，一个都不放过，整天拿着书和本子赖在班里的好学生旁边，请对方给自己讲。不能上操，不能上体育课，她就帮值日生擦黑板、抹桌子，从不让自己闲着。不论在哪里碰到她，她都会带着憨憨的微笑问候你，即使你手里拿了很轻的书和本子，她都要抢着帮你拿。

文静还有一个最明显的变化，就是学习功课的积极性和克服困难的勇气空前高涨。一天数学课上，例题讲完后，我辅导大家做课本上的练习题，都和分数有关，题目中总有绕弯的地方，考察对分数意义的理解。每到让大家思考方法的时候，我发现别的同学都在锁眉思考或在低头画图研究，唯独文静泰然自若地坐在那儿，像没事人似的。只要一有别的同学想好举手了，她也立即跟着举。我想：这些绕弯题，不思考你这么快就会了？不会是装样子吧？于是我先忍住没叫她说，让别的同学回答前面较容易的。

等挨到练习中最难的题目，我让一位同学读题后，同样先给大家两分钟的思考时间。我用眼睛的余光掠过文静的座位，她还是若无其事，显然没有思考的样子。等到两分钟左右，班里最聪明的男孩许朝鸿举手了，张文静也随即举手了。我想，这下我可要验验真假了！我清晰而严肃地叫了张文静的名字。文静很镇定地站了起来，对我憨憨地笑着，一口说出了算式和答案，并且正确无误。全班同学的目光“唰”地一下集中到了她的身上，班上还有一半同学没想明白呢！我问许朝鸿：“你的答案和张文静的一样吗？”许朝鸿肯定地说：“一样！”紧接着，想好了的同学也越来越多，纷纷表示同意张文静的算式和答案。

练习做完，我布置了作业，教室里安静了下来，大家都想利用课堂上的剩余时间完成作业。我借巡视大家作业的机会，转到文静的身边。我悄悄问她：“今天的练习你怎么不思考就答上来了?”文静拿出一个数学练习本，边让我看边说：“校长，我前段时间治病一直跟着你上课的速度每天自学，坚持把每个练习题都做完了。结果上周星期六、星期天在家没事就预习新课，预习过了，现在总是比你上课的速度快了一节课。”我拿着她的本子一看，上面整整齐齐、干干净净地做了每一课的题目。看着她单纯憨厚的样子，我不知该说什么是好。

教育是传授知识吗？像文静这样一个又穷又患病的女孩，知识对她固然很重要，可不用刻意教她知识，她自学的效果比我讲课还强。关键是她从学校、师长、同伴的眼中发现了自己，那个坚强的、优秀的、富于爱心和勇气的自己。

过了几天我们班的单元测验中，文静只出了两个小小的失误，成绩名列全班第三。她对数学的学习兴趣日趋浓厚，每节课上完，她的练习总是第一个完成，还把不懂的题目圈出来，等我辅导巡查时一走到她的座位就立即站起来把不懂的地方指给我。所以每次讲完，到练习辅导时间我就很自然地先从有她座位的空行走下讲台。

就在这简单的老师辅导学生、师生共同探讨的互动中，我们建立了非常融洽、信任的师生关系。因为还要处理学校管理中的一些事务，我偶有缺课，全班同学没有一个因为我没到岗而自由散乱，张文静的精神大家都相当佩服，所以我不在的那节课就自然地成为自学内容。

2000 年 5 月底，接到白银区教研室王武祯主任的通知，要我作为替补选手赴会宁县参加白银市小学优质课竞赛，科目为语文。因为白银区选拔出的参赛教师中有一名语文教师生病了不能参赛，王主任以前曾经到金山小学听过我的语文课，对我的教学水平赞赏有加，所以他临时推荐我试一试。我感到很荣幸，欣然赴命。一周后，我捧回了白银市小学优质课竞赛语文组一等奖的荣誉。

回校后正是课外活动，老师们纷纷打招呼祝贺。高兴之余，我又开始准备走进五二班的教室补落下的数学课，由于一周时间太长，我没有让孩子们自学，把课给了语文老师。

我正在办公室整理教本教参，听见有人敲门，我喊："请进！"心里想可能是哪位老师有事。门"吱呀"被推开了，文静拿着书和本子走了进来，她的脸有些红，不好意思地说："老师，我有道数学题不会，听说你回来了，请你给我讲讲好吗?"

我赶紧走到她身边，接过她的课本："好的，坐在凳子上我先看看题。"

她不坐，憨憨地看着我说："老师你坐吧，我是学生，我站着听。"

我看着她指的题，是一道分数应用题，课外活动后的自习课，我就会讲到。显然是她又超前了，这个练习里的其他题都弄懂了，剩了这一道难啃的骨头。

我看完后向她提示了一下已知条件中的数量关系，文静听了点点头说："老师，我明白了，是不是这样做?"她拿起笔迅速地在本子上列了个算式。

"对呀，你真聪明！就这样做，不用我讲了！"

"老师，那你最后一节自习课到教室来不？是语文自习。"

她认真地问我。

“当然来啊，我和你们师老师讲好了，把今天的自习给我。”

她听了笑得眼睛都眯成了缝，“太好了，老师，你知道吗，这几天我特别想你，同学们都说很想你，爱让你上数学课。今天的题本来可以等到你到课堂上再请教，可是我着急着要见到你，听你讲，怕今天下午的自习万一上了语文，今天就见不到你了。”说着她俏皮地冲我一笑，拿上书本回教室去了。

看着她像小鸟一样轻快地离去，我的心里涌起一股暖流，赶紧收拾好准备上课的书和教参教案。一周了，我也想马上见到我的孩子们。

第二章
从永兴到金山

我在永兴小学工作了三年，虽然身为校长，但没有离开过讲台。除了带两届毕业班的数学，也和老师们一起参加各种教研活动。2000 年获“白银市小学教师优质课竞赛一等奖”；2001 年 7 月参加“甘肃省劳技课竞赛”，获二等奖，同年获“白银市园丁奖”。

2003 年的春季开学，由于金山中心小学校长要提任四龙学区校长，我这个刚刚在相对较大的村小锻炼过的校长顺理成章地接任了金山中心小学的校长。

第一节　点燃炉火

金山小学是我最熟悉的地方，那里有我当年太多的第一次——第一次当老师，第一次当班主任，第一次带孩子们野炊，第一次被淘气包气得掉眼泪……

三年过去了，学校的面貌和当年相比，变化很大。原来南边连着商业街的校墙和校门没有了，政府规划盖起了综合楼，一楼为商铺，二至四楼为商品住宅，校门临时挪到了校园西墙，只把墙拆去了一堵，能进能出，没有别的。校园北半部中间的门洞和亭子也已拆去，包括旧教室，所以北半部最里边只有一座太阳能教学楼矗立在那里，楼前面的活动场地由砂、石、土、砖各种建筑垃圾垫成。

站在校园里，真有一种空荡荡、凄凉的感觉。我在心里暗暗告诉自己：不能着急，抓好常规，再谋建设。

和永兴小学一样，我的第一件工作就是带课。金山的老师相对较多，多年来，校长不带课都成了不成文的潜规则。我最后和教导处要了两种课——二年级的艺术和六年级的品德。

本来要抓住春天的机会，完成绿化校园的第二件事，但是整个校园都是砖头石子，没有规划，连校门都没有，所以只能推到第二年、第三年。计划中的第三件事就上升到了第二的重点位置，就是带领老师们学习提升，尽快适应新课程改革的要求。

学校挤出极其有限的办公费订了《甘肃教育》、《教育革新》、《福建教育》等供老师们传阅学习。我自己订阅了《读者》和《青年文摘》，例会上如果时间足够，我就会把一些富有教育意义和哲理性的文章读给老师们，如《小幸福》、《希望是加法》等，和同伴一起分享读书的快乐。

在课程改革的浪潮面前，农村的老师观念相对落后。白银区选用的新教材是江苏教育出版社的版本，刚开始试验上课时，很多老师都不适应，学校也没有财力派老师去参加课改的前沿培训。我们就和城区的学校主动联系，让老师们分批到城区的二小听课学习。区二小的寇翠香校长非常理解我们的境况，不但欣然接受我们的老师，后来还和金山中心小学建立了手拉手的帮扶关系，让骨干教师给我们送课。

在后来的很多次接触中，我们和区二小的寇校长、老师们建立了特别深厚的友谊。白银区团委倡导组织的“同在蓝天下”活动中，就选中了区二小和我们学校。寇校长带着老师和同学们坐客车来到四龙，来到我们的校园，我校的学生和二小的50名同学建立了“手拉手”的帮扶关系，二小的学生向我们农村的儿童赠送了学习用品，相互留下了联系地址。二小的特长生还为我们进行了笛子、二胡的精彩演奏。区上有名的金嗓子何英老师为我们带来了歌曲《同一首歌》和《爱我中华》。

我们带着二小的师生到附近的学生家里去参观体验，看着城里的孩子和他们“手拉手”的乡下伙伴促膝坐在树荫下、门槛上、炕沿上说着悄悄话，我仿佛看到一簇簇爱的火苗正被点燃……

两场秋雨过后，快到11月了。俗话说，一场秋雨一场寒，冬天来了。我和老师们照常在教学楼里上课办公，似乎忘记了去规划冬天的事情。

一天傍晚快放学，我在办公室收拾一些材料，门开着，有两个女老师边走边说：“哎呀，冬天了，咱们最难熬的日子来了！”我乍一听，似乎没什么意思，后来坐下来一想，不对劲呀，冬天不就是冷吗，怎么叫难熬呢？再一想当年我在这里刚搬上新楼的那个冬天，因为楼叫太阳能楼，所以把炉子都给了上三校，结果孩子们的手都冻肿了，老师们上课穿大棉衣。

天哪，我离开的这三年，三个冬天，难道都和那一年一样没生炉子吗？我不相信！想到这里，我到二楼总务处去找老王主任。老王主任笑呵呵地给我让座，问我有啥指示。我也不露声色地向他交代："11月份了，咱们到生炉子的时间了，王主任，你看安排五号给各班发炉子，别把孩子们冻着了！"

老王一听，笑容渐渐从脸上消失了："校长，哪来的炉子，哪来的煤？这楼叫太阳能楼，几年了，就这么冻着，咱又不收取暖费，上级也没给过取暖费。学校一个炉子都没有，我发啥呀？"

其实他的话我已经料到了，只不过自己不愿意接受这一现实罢了。四年四个冬天，北方的冬天是漫长而寒冷的，我们的孩子们在这里手指头脚丫子被冻肿了四遍了。现在，第五个冬天来临，也意味着要再冻肿两个半月。

整天还觉得一切正常顺畅的我，一颗心又跌进了深渊里。也怪我考虑欠周到，开学初没问以往过冬的事情，没计划取暖的费用。学期过半，办公费也已用过半了，真难为人。

放学铃响的时候，我召集了学校的班子成员开会，主题就是结束让学生老师在太阳能教学楼里受冻的历史！我把开会的议题一讲，大家高兴地鼓起了掌。经过集体商议，学校决定：班子成员全部放弃每月12元的补助，差旅费、培训费全部自理，这些截流的钱用来买炉子、炉筒，财务上拿出剩余经费的2/3，也就是3000元来买煤。五号给所有的教室、办公室生炉子。傍晚的天气很冷。可我的办公室里洋溢着笑声和温暖。

11月2日，我带着教导主任去河对岸的平堡乡买炉子。平堡属于靖远县管辖，因为地少人稠，消费水平较低，东西比四龙便宜。我们像淘宝似的把平堡街上所有卖炉子的摊铺挨个问候了一遍，把每个炉子都连摸带敲掂量了一通，最后看中了一家自己铸造炉子的个体户。

从店面进去就是他家的院子，院子里摆着形式不同、大小不一的各种生铁炉子。店主姓王，身体壮实，能看出来他是铁匠不假。我们你一言他一句向他进攻讨价还价，铁匠只能一点一点地往下让价钱。我们讲明要给学校买，买的多，他得给我们批发价。店主一听，让到了一个炉子 100 元。

我想试试有没有再让的余地，就砍到了“80 元”。店主一个劲地摇头，说“那卖不成，街上就没这个价！”我给主任使了个眼色，他一下子明白了，两步跨到我跟前：“校长，不卖算了，前面咱们问的那家我看也有很多炉子，价钱都快让到 80 了，咱们到那家看着买去！”我也就顺势做了个准备走的样子。

“哎，等一下，卖给学校，我少挣点，80 元就 80 元吧！”没想到这招还真管用，店主拦住了我们。

我们找来车往回拉炉子时，主任说：“我买过的东西也不少，还从没这样讨价还价过，也没像今天这样发挥过聪明才智！”逗得我们哈哈大笑。

当天下午，总务主任老王负责买来了 10 吨煤。孩子们和老师们看到炉子和煤拉进校园，脸上的表情都格外兴奋，相互转告：“要生炉子了！”那样子没法掩饰对温暖的久违和渴望。

11 月 5 日，全校像过年一样。每个班都带了草和泥，班主任和学生一起给分配到的炉子抹炉膛。抹炉膛都是有学问的，首先要和草泥，抹出的炉膛下部肚子稍大，往上脖子要细，炉口周围要抹严实，这样填煤少、又收气又经济实惠。

老王主任找了裁玻璃工具，给每个教室、办公室窗户裁了个圆洞，好通炉筒子。待到下午最后一节课，所有的炉筒子都伸了出来，冒起烟来。

渴望已久的炉火，终于燃烧了起来，冬天的严寒，再也无法阻隔我们这个集体心中的爱与温暖。

第二节　鲜花和小草

鲜花拥有艳丽的色彩、漂亮的外形、扑鼻的香味，天生就吸引人的目光。而小草又矮又瘦弱，只有一种单一的绿色，总是挤不进人们是视线。所以人们喜欢鲜花，不在乎小草，也是情理之中的事情。

学生就像鲜花和小草一样。有的孩子父母有文化，会生活，家境好一些，他们也会穿得干净，说话得体，学习上进，招老师喜欢。可是也有很多像小草一样的孩子，家境不好，父母素质不高，受不到良好的家庭教育，甚至还有些生长在很不幸的家庭，孩子不但无人管教，一日三餐都没有保障，所以不讲卫生，学习也不开窍，不招人喜欢。

然而在我的教育理念中，鲜花般的优秀学生大都是先天因素居多，只要老师尽到上课、辅导、督促的职责，他们就没有啥问题。教育也是一种帮助，那些小草一样的孩子往往生长在最底层，被大树、鲜花遮挡在阴暗的角落，无法获得充足的阳光，所以更需要帮助。

那是一个冬天的早晨，正是早读时间，教学楼里一片朗朗书声，我照例下楼到校园里转转。西北风刮来，冻得人缩手缩脚。突然，我发现西北角的小树旁站着一个男孩子。等我走近时，一切让人不可思议。站着的男孩叫王纪伟，是五年级的，我认识他是因为这个孩子在班里、学校里调皮捣蛋不学习出了名。

早读时间一个人站在这里肯定是被老师罚的。他见我过来，冻得紫红的脸上露出胆怯的神情。等我的目光从他身上下移到他的脚时，我为罚他的班主任感到惭愧难当——孩子没有穿鞋，而且连袜子也脱掉了。往他光着的脚下一看，惭愧就不算什么了，而是让人吃惊——他站在小树窝的水结成的冰上！

这个孩子父母感情不和，缺少家庭的温暖和教导，所以说话做事像张飞一样，打架、闯祸、不写作业。也因为如此，他的身体素质很好，老师罚他也就能想出这种阴招。

我让他赶快穿袜子穿鞋回教室，他还有些怀疑不敢动。我拉了他一把催他快点，他才找袜子找鞋穿，动作还算快，可能让他站的时间不太长，没冻麻木。

我上楼后把王纪伟的班主任叫到我的办公室，她马上就知道是啥事了，表现出很不好意思。她说这个孩子在教室里不但自己不学习，每天都搅得全班不得安宁，身体又皮实，教鞭打两下根本没反应，所以才出此下策。

我问她："你很年轻，虽然你还没结婚，但你是女老师，以后会做母亲的，假如今早被以这种形式罚站的是你的儿子呢?”她的头低得不能再低了，半晌，她抬起头来，惭愧地说：“苏校长，你这么一问，我觉得自己做得真残忍。再怎么，他也是个孩子，我太性急了，缺少耐心和爱心。以后，我尝试别的方法引导，再不能这样简单粗暴。”

第二天，王纪伟的母亲找到了学校，虽然她是位农村妇女，但说话很讲道理。她告诉我，王纪伟的脚冻肿了，痒得乱跳蹦子。我给她出主意：晚上用着过的热煤球敷敷，然后再用热水泡，两三天就好了。她说自己的儿子调皮，她也不好意思找老师，就想让学校给班主任老师说说，别再用冻的法子。王纪伟身体好，要是再捣蛋，就用棍子抽几下，在家里不听话时他爸用皮带打……

我听了后，心里真不是滋味，家里粗暴的父亲用皮带抽他，学校无奈之下就想招治他，一个十一二岁的孩子，本来就在调皮淘气活泼的时节，遇到的却是这样的待遇，他的自尊心和人格能正常地建立和发展吗？他已表现出麻木不仁和对周围人们的对立，他的未来是怎样的，我无法再做深层次的推测。

之后，尽管学校老师改变了对这个孩子的教育方法，但他的家庭又出现了问题，父母离了婚，母亲又找了城里的男人，父亲到外地打工去了。他小学毕业后，初中将就着上完就走向社会。这样的小草，接受家庭和社会的阳光太少了，很少有机会实现他用绿色装扮大地的梦想。

2004 年 5 月，因为四龙小学缺老师，学区通知我校将三年级数学老师抽调去四龙小学，我就做了三年级的数学老师。

这个班的数学基础还不错，就是有两三个顽固的男生很难教。第一天上课，我就发现了一个，他很显眼，因为在班里个子最大。仔细看看，他眼睛也大，鼻子也大，嘴巴也大，总而言之，长得很大气。按理说，大个儿的男孩都是因为年龄偏大，应该懂得洗脸、穿整齐，等等。可这个大男孩正好相反，太不修边幅了，外衣好像只有那套旧校服，白底子都成灰黑的了也不换洗，袖口子、裤角子全都破了。一年级穿到三年级，手腕子、脚脖子处都嫌短了，看着很不协调。尤其是他的头发和脸，总像刚从土堆里打过滚似的，灰头土脸的，有时候课间活动淌点汗，脸就像地图。

他叫王虎虎，班里有名的学困生，家里也困难，学习也较差，老师们都反应这个孩子很难管教。因为我是校长，王虎虎在数学课上表现还算积极，课堂上能坚持听讲、思考、回答一些简单的问题。可我对他的外观总抱有一种期待。

终于有一天，我找到了机会。快过六一儿童节了，学校组织了体操队、仪仗队等，准备参加八所小学全部参与的六一文体大会。仪仗队前需要一些身体壮实，长相端正的男生组成一个彩旗队。王虎虎个字子长得大，也被选进了彩旗队。

星期四的下午最后一节自习辅导是数学，其他同学都进教室坐在自己的座位上等我讲解配套练习，就剩入选彩旗队的三个男生没有来。我想可能是少先大队训练队列队形还没有结束，校园的操场里不时传来老师的哨子声。

我等了两三分钟，正准备开始，王虎虎和另外两个男生气喘吁吁地出现在教室门口喊“报告!”我让他们进来后，全班同学都盯着王虎虎看，紧接着都忍不住笑了起来。我仔细一端详，原来王虎虎的脸被汗水冲成了花脸猫。再看他脏兮兮的校服，胳膊肘的部位破了个洞。

我知道他的父亲常年体弱多病，但他的母亲应当把孩子的衣服洗净补好吧。于是就当着同学们的面问：“王虎虎同学，你都选进彩旗队了，怎么还不讲卫生？今晚回去让妈妈给把校服洗干净补一补好吗？”

本来我想他会干干脆脆地说：“好！”结果我等了半分钟，他不吱声。同学们的表情也神秘兮兮地，有好几个同学不约而同地朝后看。“怎么了，你妈妈忙得顾不上给你洗吗？”我看着他，只见他摆了摆头，脸色闪过一丝愠怒，突然抬起头，悲伤地说了一句让我莫名其妙的话：“我的妈妈到王永杰家去了！”

王永杰也是这个班的学生，坐在后排，大家的目光都向王永杰扫了一遍，只见他低着头，像做错了什么似的不敢看大家。我没弄明白是怎么回事，纳闷地问：“你妈妈到王永杰家去干啥？再没回来吗？”王虎虎看着我忽闪了两下大眼睛，委屈地说：“我妈妈现在已经成了王永杰的妈妈，再没回来。”

空气像凝固了似的，包括我都紧张得有些窒息。我在心里暗暗责怪自己刨根问底的残酷，当着全班同学的面，揭开王虎虎的伤疤，又难为了王永杰。自己啥时变得如此愚蠢呢？

我布置了作业，把王虎虎领到办公室，用我的洗脸毛巾给他细心地擦净了脸，可是从他眼里流出的眼泪，我怎么也擦不完……

后来我让班主任小高从侧面打听王虎虎妈妈的情况。原来王虎虎的爸爸是金山村的困难户，常年有病，甚至卧床不起，家里里外外都靠母亲一人，既要下地劳动，又要操持家务，时间一长，对家庭和子女就没有了信心。王永杰家在金山村邻村民乐村，也是一个不幸的家庭，母亲前两年病故，父亲又当爸又当妈。两个村离得不远，平时下地劳动时，王虎虎的母亲和王永杰的父亲都孤身一人，不知是相互同情还是怎么就到了一起。后来竟发展到王虎虎的母亲抛弃了自己有病的丈夫和孩子住到了王永杰家。

我把所有三年级的任课老师都叫到了办公室，对大家讲了王虎虎同学的家庭情况和那天自习课上发生的事，几位老师又吃惊又同情。有的说，要给王虎虎买学习用品，有的说要帮王虎虎买一套新校服，还有的说，要帮王虎虎把他妈叫回来……

我想：也许我和老师们给王虎虎的点滴帮助无法代替他的父母、家人。可是我们做了，说明我们在乎这个孩子，也让他感受到家庭虽然贫困，命运虽然不幸，但他的周围，有很多人在乎他。他的存在是重要的，一棵小草，也应该拥有生命的绿色！

第三节 爱心与品德

2004 年春末，在白银区教育局的调研中，局长关学勇同志非常重视金山中心小学的校园规划，他亲自掌握了校园的东西、南北间距，把操场划开，敲定了大体建设方案，具体事宜交给了学校和工程队。

两个月的时间，我和老王主任亲自监工，完成了教学楼前四个花园、旗台、空地硬化、操场分界处看台建设、校门和门房建设、西侧旧围墙拆除和新建。

我们的学校焕然一新，老师们的工作干劲可大了，在我忙于校园建设期间，王凤霞副校长和老师们把教学工作做得井井有条，从没麻烦过我一件事。我带的三年级的数学和全校的教学总成绩都名列学区第一。32 岁的我，看着金山中心小学发生的巨大变化，看着全体教师敬业爱岗的蓬勃气象，心里美滋滋的，浑身有着使不完的劲。

那几年，素质教育喊得如雷贯耳，课程改革的大潮势不可挡。可是喊归喊，做归做，老师教得怎么样、学生学得好不好，最终都要看卷子上的分数，分数教育成了中国教育的一个怪圈，立人之本——品德教育显得疲软无力。

为了将品德教育真正放在教育的首位，鼓励广大教师施教过程中做好“育人”工作，我提出了“以德育德，爱生奉献”的德育理念。我们一边跟在城区学校的身后搞教学改革，一边淡化分数评价，落实“德育为首”的素质教育目标。2006 年，我有幸参加了白银区中小学德育经验交流，以下是我的经验分享。

让爱的阳光洒满校园

德育这个话题我们太熟悉了，这是我们为人师者每天，甚至一生都在做着的工作。在当今全人类都开始寻找精神家园的特殊时期，德育这项工作更是举足轻重，当然也更辛苦更复杂。有这样一个简单的问题：是学生学习礼貌、懂得仁爱、学会正确的态度观念重要，还是把98分拉到100分重要？大多数人都会说是前者重要。可是我们看看现在的教师和家长，大多数是在做前者的工作，还是在做后者的工作呢？回答当然是后者。所以德育工作中最重要的就是要让这个回答变成前者。

我校地处农村，在多少年的探索与改革中，只发现总结了一条德育工作中的黄金原则，那就是“爱”这个字，是我校师生用心交流、用情倾诉、用童话般的色彩描绘的，也是这个字，就像一盏明灯，时刻为每位教师、每个孩子的言行指引着方向。

一、用爱的根系去汲取，涓涓细流汇成海

中国文化以“仁”为中心，仁爱，是我们的老祖宗几千年的治国思想。然而随着经济的发展，金钱地位的提升，国民思想道德几度滑坡，摆在我们教育者面前的任务太艰巨了。而且我们作为孩子们的老师，口口声声要求学生要助人为乐，要讲奉献，我们自身在社会风气的熏染中难道能一尘不染吗？法国文学家罗曼·罗兰说：“要播撒阳光到别人的心中，总得自己心中有阳光。”于是我校首先在全体教师中展开两项活动。

1. 重拾圣贤教诲

仁慈博爱，是中国古代圣贤思想的核心。我校教师每人手上都有一本白银市国学教育研究会赠阅的《弟子规·孝经》，校长和教师们一起在例会上集中学习，通读圣贤教诲，并且每人作一章节讲解。“君子务本，本立而道生”。你根本扎好了，房子才能建得起来。德育的根基正是教师的道德和仁爱品质。

我们23名教师在这本很不起眼的圣贤书的熏陶下，说话比以往有分寸了，做事比以往礼让谦和了，工作起来比以往踏实了。

几星期前的一天，三年级的外语老师何晓兰和数学老师李军艳为了临时换课（何晓兰的孩子病了，她急着想上完课给孩子买药）发生了口角，俩人都觉得对方误会了自己，吵了一阵子还掉眼泪。校长和老师们分别给她俩做工作，但年轻好胜的她们嘴上不说，心里还堵着气。于是大家不约而同地拿起《弟子规》中的《泛爱众》一章给她俩有声有色地读了起来："人有短，切莫揭。人有私，且莫说。道人善，即是善……过不规，道两亏……势服人，心不然；理服人，方无言。"大家的诵读顿时使两位女教师破涕为笑，李军艳后来向何晓兰当面赔礼道歉，何老师也一个劲地说自己态度不好……

2. 用行动去践行师爱

教师们懂得仁爱了，但并不是装在心里、念在嘴上自我标榜的。师爱的阳光应该照在自己脚下的土地上，洒在自己的学生身上。通过了解自己肩上所承担的崇高而伟大的使命，没有人再拈轻怕重了，没有人计较贵贱得失了……

我校大多数是女教师，六位男教师中四位都已是50好几了。学校后勤工作上总有一些修修补补的累活儿，靠总务主任王克尧一个人是干不过来的，雇人又付不起昂贵的劳务费。可就是这几位男教师，不论是总务主任安排了没有，他们都能哪儿有活就到哪儿。王学林、李建民、雷明、王毓林老师看到学校修水管时缺人手，就主动换上旧衣服，带上铁锹挖水管沟、接水管、修房子……泥巴、脏水溅到了他们的衣服、甚至脸上、头发上，他们浑然不觉。

学校向镇政府要了一幅儿童篮球架，体育教师雷明为了让孩子们早点用得上，就带领其他几位男教师买水泥、拉沙子、打底座，及时把球架安装好。王学林老师只要逢着学校有活干，就把自家的三轮车也开到学校……

他们用爱默默地为学校师生服务着，发挥他们的余热。他们的身上折射出的正是那一代人艰苦奋斗的可贵精神。谁能说这不是伟大的师爱呢?

二、用爱的眼光看孩子，淘气包也会很可爱

教师的爱是一种流淌着人性光辉的美好情感，它使学生幼小的心灵得到润泽，人性得到张扬，从而使他们获得无比的成就感和幸福感。当孩子感觉到老师对他的爱时，再顽劣的想法也会悄然逃匿。

小网迷的故事：我校地处四龙商业街的繁华地段，街上有两家网吧。五年级一班的王佳昊同学跟着几个中学生“光临了”几次后，竟然沉迷其中，不可自拔。班主任王红敏老师发现他经常在课堂上打瞌睡，成绩也直线下降。王红敏赶紧与家长沟通了解情况。原来孩子晚上和爷爷住一个屋，迷上网吧以后，家长也狠狠地批评过，甚至责打过，但王佳昊总是管不住自己。父母让爷爷监视他睡觉，但他每天半夜等爷爷睡熟后，就一个人偷偷溜到网吧里，玩到天亮再上学。没有钱就和班上的同学借，债务也在上升。王红敏知道这个孩子陷得深了，不能简单化地处理。于是她每天下午放学以后都坚持和王佳昊同学谈心半小时，耐心地讲小学生上网对学习、身体的危害。经过一周的谈心，王佳昊表示要痛下决心不进网吧了。但过了两周后，王红敏又看到王佳昊在课堂上熟睡。王老师当时很生气，恨不得找家长来整治他。但爱心再一次驱使她继续与王佳昊谈心。王佳昊很后悔自己食言，他毕竟才11岁，自制力差，他请求王老师原谅他，再给他一次机会。王老师一连想了几个晚上，后来她去商店买了一只小镜子，在镜子的背后写上："老师相信你是一个说到做到的好孩子！"王老师让佳昊每当想去网吧时就先把小镜子拿出来正面反面都看看。这个办法真灵，从此，王佳昊同学再也没去过网吧。放学回家的路上，他的一只手总习惯地插在衣兜里，好像兜里有什么宝贝似的。

类似的例子还很多，在教师与孩子们的交往中，处处都有情感的火花，而这种爱的表达却值得我们思考，它闪烁着教师的育人智慧、教育理想和人格魅力，而这也正是我们教育的初衷。

三、用爱的心血去浇灌，铁树也会见花开

"小混混"的故事：我校六年级有位大名鼎鼎的王永强同学，由于家庭教育的疏漏和他受父母为人处世的影响，使这个孩子三年级时就成为一个严重的品德不良儿童。偷同学的钢笔、果园里的果子，对老师撒谎、欺负小同学都是他的习惯性表现。校长、班主任几经教育，他都是在错误面前死不认账而且振振有词。对于他的顽固和家长的不配合，老师和同学们也特别失望。可是几乎每天都有同学告王永强的状，王永强还把细钢筋带到书包里威胁跟他作对的同学。万般无奈，班主任就请语数两个教研室的所有教师出谋划策，许多老师都叹气摇头，少先队大队辅导员赵军宏灵机一动，她说：“王永强确实缺点不少，但他有一个特点，就是喜欢听别人夸他，给他戴‘高帽儿’，上次劳动中，我夸了他几句，发现他特别卖力气！我们给他戴个超高的‘高帽儿’，让他当班长，但要管住自己，不知这办法能行不？”老师们听了都乐了，说可以试一试。于是在星期一的班会上，班主任就使劲夸王永强“胆子大、有魄力，有领导才能……”，让他试着当班长，但是前提是：大家共同监督他，他管理班集体和同学们的时候，自己要先做好！这下可好，这个学校坏出了名的“小混混”一下子收敛了，整天为当班长忙着看卫生搞得干不干净，谁的作业本没交……再也没有同学告他、老师罚他。前不久，学校组织彻底打扫厕所卫生，他带领同学们扫呀擦呀，表现得很像个班长的样儿。

在我们的课堂上、校园里，在我们教室的某一个角落，我们是否应该用我们的良知发现过寻找过，有一群被我们遗忘的孩子；从他们惊恐、敌视、执拗的眼光中，我们是否明白我们应该珍惜我们的职责与使命；为了每一个孩子的成长，我们是不是只停留在豪言壮语上而缺少真心的行动呢？

四、用爱的真情去撒播，你会收到更多的爱

1. 在活动中学会关爱

我校围绕“爱国主义、集体主义、社会主义”这一主题，用师爱的阳光、丰富的活动陶冶孩子们的情操。如开展“双学”活动，班与班、队与队建立了“双学”活动小组，与烈军属、五保户定点挂钩，开展送温暖、做好事活动。抓住时机，联系校内外具体事例，展开爱心行动。如去年听说水川镇学生顾一典同学因病不能上学，而且付不起昂贵的医药费，我校号召全班师生为他献爱心进行捐助，同学们你一元我两元，总共捐款700多元。后来又为四龙镇梁庄村肌无力患者梁川川同学实行了捐款援助。虽然钱数不多，但足以体现同学们沐浴着师爱阳光的同时，也懂得了把心中的爱，把自身的光和热撒播给他人。

2. 在感动中学会回报

苏磊的画：苏磊是我校五年级一班的一位特殊儿童。说他特殊，你一见他就能感觉到，他的个头和学校的男老师差不多，因为他已经17岁了。由于小时候患有严重的小便失禁，所以12岁才上学。知道他有病，所以老师们、同学们都处处留意关心他，从不让他觉得为难。苏磊也非常懂事，在学习成绩名列前茅的同时，他积极请教校美术教师王毓林老师学习画画。他画的山水画、水彩画都深得师生们的喜爱。《我们的学校》、《家乡真美》等作品在参加六一儿童节学区组织的绘画比赛中还获了奖。是啊，他是在用他五彩的画笔、抒写着对家乡的爱，对学校、老师和同学们的爱。他的考卷，他的作品就是给我们最好的报答。

虎虎的贺卡：原我校六年级一班有位同学叫王虎虎，他由于家庭困难，一遇到缺本子少笔的事就垂头丧气，甚至逃课不想再读书。班主任高萍萍老师就亲自去他家了解情况。可是不去不知道，一去便让这位20出头的姑娘愣住了：两间破旧的土房子，身体弱小的父亲卧病在床，母亲已经改嫁，年迈的奶奶白发苍苍……难怪孩子连一个练习本都买不起啊！高老师一早来到办公室，映入她眼帘的是办公桌的一个很大的贺卡，贺卡全部都是用瓜子仁和不同形状的瓜子皮粘贴的，图案是一轮圆圆的明月和一位捧着一颗心的女教师……高老师的眼睛湿润了。

对于那些缺少家庭温暖的孩子来说，师爱更显得弥足珍贵。给予学生爱，教会学生去爱，同时也尝到了被学生关爱的幸福，不正是我们寻找的教育的真谛吗？教育是一项爱的工程，有时候，这爱是宽容；有时候，这爱是严厉；有时候，这爱是援助……

第三章
从金山到学区

从2003年至2006年，四年的时间，我和金山中心小学的师生相伴相扶，在极其融洽和谐的氛围中塑造了金山小学条件最好、师资最强、质量第一的窗口形象。

然而也是在这四年中，我和我的同伴们没有得到过四龙学区的任何鼓励和支持。因为学区周校长从金山小学离任时，有些遗留问题学校没有力量及时配合处理，更因为他的许多作风和领导风格和我们的愿望相去甚远。在得不到上级肯定的环境下，我和老师们每前进一步都要承受莫名其妙的非难，无奈之下，我以进城交流学习的方式借调到区二小。2007年上半年，我怀着非常复杂的心情在区二小做了一学期的校长助理。虽然寇校长和老师们对我热情有加，但我从心底里放不下我们的学校、老师和孩子们。

半年的学习交流很快结束了，在区二小的每一天，我都有收获。特别是我参与了寇校长牵头的课题研究《小学毕业生心理健康问题》，开题报告、阶段性报告、结题报告都有我来撰写。寇校长忙的时候我就替他担当“校长妈妈”、“校长姐姐”、“大朋友”等角色，亲自阅读六年级270多名毕业生每人三封信，并做到每封信都认真回复，和孩子们建立了深厚而默契的友谊。课题顺利通过了省上鉴定，荣获甘肃省教育科研成果一等奖。

2007年8月底，我等待局里安排到城区学校上班，虽然心中充满了对家乡四龙的不舍。正在踌躇满志的时候，局长关学勇找我谈话，给我出了一道选择题：一是进城当老师或教学副校长，二是回到四龙负责学区工作。他说，周校长经济上出了些问题，他没法再护短，必须撤职。

我心里暗暗称赞关局长的英明，但绝对不是把别人拽下来自己爬上去。说句心里话，校长不好当，农村穷学校的校长更不好当，是凭着良心干事，不是当什么“官”。我没有过多地考虑，就做了选择，服从组织安排。关局长说：“那就定了，你回四龙！”

就这么简洁，2007年8月26日，我又回到了家乡四龙，全面负责学区工作。

第一节　他们是留守的孩子

随着农村计划生育政策的深入和进城务工人员的增多，农村学校的生源逐年递减，四龙镇也不例外。记得我刚参加工作时，金山中心学小学有500多名学生，全学区有2000多名学生，到2007年减至1000名左右，有的小学校只剩几十名学生，办学举步维艰。

2009年夏，我们经过反复论证和酝酿，根据白银区教育资源整合的总体方案，出台了四龙学区小学布局调整方案，并向广大师生、家长进行了广泛宣传。学期结束前，我们就做好了布局调整的前期准备工作，暑假第一周，我带着教研员、校长，在全学区教师的共同努力下，按照“物随人走、师随生走”的原则，将师生、财产合并到两所规模较大、地理位置相对集中的保留学校，其中金山中心小学是必须保留的学校之一。这次布局调整，是四龙教育史上一次重大变革。

留守儿童，并不是布局调整的产物，在调整之前，各个学校都存在，只不过是极少数。然而一经整合，四个村的学生集中到了一所学校，四个学校的留守儿童集中到了一所学校，数字直线上升。大多数留守儿童都是因父母双方或一方进城打工造成孩子和老人留守家中，也有极少数是因父母离异、天灾人祸造成孩子由爷爷奶奶抚养。

经过学校调查摸底，金山小学的留守儿童就有 40 几个，这些孩子的教育问题当然就成为学校教育教学中的一件难事。我和金山的班子成员一次次坐在一起，探讨这些弱势孩子的成长与发展。像王虎虎、王爱红、王佳斌等这样的孩子，家庭教育的缺位、父爱母爱的缺失、沟通交流的缺少、有效监护的缺乏，使得他们的情感、心理、生活、学习乃至人格方面都出现了偏差。关注、关心、关爱他们，不仅是对他们教育的一种责任，也是崇高师德、无私师爱的行动和诠释。

在我的理念中，教育就是一种帮助，“锦上添花”的事情我们没有条件，对缺失“爱”的孩子给予希望，也许会有“雪中送炭”的意义。

在我们摸底的过程中，对许多家庭困难或情况特殊的孩子有了更加翔实的了解。四年级一班的小男孩王佳斌，一张又瘦又黄的小脸上镶嵌着一双大大的眼睛，然而这双眼睛里总透露出和他的年龄极不相称的忧郁。这个小男孩虽然胆子很小，成天寡言少语、心事重重，但是上课从不专心，还经常迟到，无故旷课。老师主动和他沟通时，他只会低下头，一言不发。

在一次和王佳斌谈话沟通失败后，班主任苏生国老师骑上自行车，打听到了他的家里。他家离学校不远，就在学校西北面的金山村，家里父母不在，只有年迈的爷爷奶奶。

爷爷叹息了一声，向苏老师诉说了家里的情况。原来在两年前，孩子的父母就去兰州打工了，很少回来，偶尔给家里寄点财物。可近来听说，他们不但没挣下钱，而且借了亲戚朋友一万多元的债，夫妻感情也出现了问题。快 70 岁的爷爷靠种地维持生活，又遇了车祸，险些半身不遂；奶奶体弱多病，只能给他们做做饭。家里的一些活计如喂猪、拔草等还要靠佳斌和姐姐去干，爷孙四人可以说是“相依为命”。

苏老师听后，这才读懂了那双忧郁的目光——亲情的缺失、生活的贫困、繁重的家务造成了孩子心灵的封闭；父母感情不和招致的风言风语，以及同学们的讽刺无情地摧残和伤害着他的自尊。难怪大家在操场上欢歌笑语的时候，他一个人在教室里默默发呆。

学校了解了像王佳斌这样的留守儿童的家庭情况后，由班主任建立了留守儿童档案，并利用课余时间进行家访，主动和这些孩子的父母电话沟通，让在外地打工的家长了解孩子的学习、生活。

苏生国老师是个闲不住的热心人，他在帮扶班上留守儿童的过程中，总结了自己的一套经验——师爱鼓舞，同学帮助，集体温暖。苏老师一有时间，就会主动走近王佳斌，问他家里的情况，早上吃饭了没有，老师上课有没有不懂的地方……

渐渐地，佳斌不再像先前那样胆怯了，听着苏老师耐心讲解那道他出错了的题目，看着老师一次次向自己靠近，微笑着鼓励他举手发言，他脸上的焦虑和犹豫在慢慢的消解。苏老师让班上各方面都比较优秀的同学和佳斌结成了互助小组。不论是上课讨论问题，还是课后的活动，都以佳斌的成绩和表现评价小组的成绩。优秀的同学不但千方百计地帮助佳斌，而且也为佳斌树立了榜样，让他有了努力的方向和目标。苏老师还利用“六一”运动会，建议佳斌参加滚铁环等运动会比赛项目。在他参赛时，全班同学为他摇旗呐喊、加油助威，让他感到自己不再是一个人，而是拥有一个班几十个好同伴，拥有一个强大而温暖的集体。深秋时节，佳斌要利用星期六、星期天和爷爷、姐姐一起摘一亩多地的苹果。苏老师号召全班同学帮他家摘果子，小小的果园里，欢声笑语此起彼伏，爷爷、姐姐都夸佳斌人员好，有这样一帮好同伴。

经过一年多的帮扶，佳斌的身上发生了戏剧性的变化。以前的自闭孤僻不见了，性格越来越开朗，很愿意和老师、同学接近，喜欢将自己的高兴事和伤心事讲给好朋友，特别尊重老师和长辈，与人沟通、交往的能力明显提升。在家里，他和姐姐还搞起了家务分工责任制，累的重的活计如提水、喂猪等归自己，生火、给猪和食等轻点的活给姐姐干。爷爷说，佳斌做事很讲理，也有了头绪，成了家里的“大人”了。在学习上，以前落的课多，他很不自信。自从同学们推举他当班级管理员后，他的劲头儿可足了，作业一定按时完成，上课表现大胆积极，语文成绩从不及格一路赶到了 80 分。得到大家关爱的佳斌也用自己不怕困难、认真负责的精神感染着全班同学。

王佳斌只是一个例子，在留守儿童的帮扶工作中，从学区到学校，从学校到广大教师都非常重视，儿童进步的例子很多。苏生国老师在留守儿童个案教育的启示和反思中写道："爱”的力量有多大？从佳斌的前后对比可以看出，无论是从思想道德、行为习惯还是学习能力方面，他都有了很大的转变，而这一转变，应该归功于学校的倡导，师生的关注，家庭、社会方方面面的“爱”。爱可以为枯萎的小草带来春天，爱可以让干涸的土地焕发生机，爱可以给小鸟一片天空，爱可以带来不可以的可以……

第二节　创办留守儿童之家

听到一个个帮扶留守儿童成功的案例，我的心中万分欣慰。我对教育的理解也比以往宽泛了许多。夜深人静，我细细琢磨那句给老师崇高定义的话——“人类灵魂的工程师”，不免增加了几许职业神圣感，同时也联想到了西方的传教士和牧师。对于人的灵魂问题，我们都背负着不可推卸的责任，我们是“塑造者”，他们是“拯救者”，如果被我们给塑造坏了，就得由他们来拯救。可是一个人要是到了需要拯救的边缘，也意味着离灭亡不远了。作为塑造者，宁可千方百计精雕细琢，也不可疏忽大意、粗制滥造，一出炉让灵魂进入最后的拯救程序。

这些留守的孩子，我们的“塑造”也许并不能帮助他们彻底摆脱困境，但至少可以为他们稚嫩、单纯的脸庞上刻画一双有神的眼睛，无论周围的环境多么不尽人意，这双眼睛中都永远绽放着乐观、向上、真诚和勇敢。

2010 年春季，我和金山中心小学的领导班子、班主任再次摸底后，发现留守儿童的数字持续上升了，学校和班主任的帮扶任务也相应加重了。怎样才能让学校系统、完整、有序地实施“留守儿童关爱工程”呢？我找到四龙镇妇联的小王主任和她探讨。她是我婆家的远房亲戚，是我爱人的表妹。

对于学校留守儿童的问题，小王主任特别热心，当时就向区妇联进行了汇报。这一汇报不要紧，就好比瞌睡遇上枕头一般凑巧。原来白银市、区妇联刚好从省妇联争取到了一些关爱留守儿童的项目设备，正要看哪些留守儿童较多的学校有 20 平方米以上的活动室，就让设备落户谁家。

金山中心小学资源整合后，北边教学楼各教学班刚好够用，东边的小三楼用作图书室、仪器室、体育器材室、教师灶等，剩余的几间供教师们午休。虽然上级要求最少 20 平方米，可我们学校共有 43 个留守儿童，挪出一间光孩子们都站不下，怎么开展活动啊？

第二天，我来到金山中心小学，把和妇联请示的事情告诉了学校的班子成员，经过大家商议，决定挪出教师休息的三间房子共50平方米争取妇联的设备。教师们听说要争取设备为留守儿童提供活动场地，当天就把三楼北边的三间房子全部挪了出来。

2010年4月，区妇联为我们配来了一架钢琴、一台电脑、一台电视机、一部电话，还有一些图书、跳棋和各类体育用品。我们和电信公司接上了宽带、开通了电话。在大家一致推荐下，苏生国老师被选为留守儿童的“爱心爸爸”，金山中心小学“留守儿童之家”正式挂牌成立了。

为了规范管理，学区指导学校很快出台了《留守儿童工作计划》、《“留守儿童之家”管理制度》、《留守儿童学习制度》、《留守儿童生活制度》、《“留守儿童之家”工作规划》、《“留守儿童之家”建设和管理考核办法》等一系列制度，建立健全了“留守儿童”工作保障机制，有效地保证了这项工作的开展。

每天下午四点半放学，就能看到苏生国老师带着留守孩子去他们东楼的“家”里，走廊里摆开了跳棋的对局，活动室里安静的那间孩子们在阅读、绘画、写字，热闹的那间是他们在打乒乓球……

苏老师在后来的管理中，不断实践、不断积累，形成了一套完整的工作思路：

一、建好一个“家”。“留守儿童之家”的布置是他亲自设计的，墙上的彩色喷绘也留有空白，用来贴孩子们活动的真实照片，还可以定期更换。他评选出了孩子们的绘画、书法优秀作业，整齐地贴在活动室的墙面上。平平常常的三间活动室，在他的布置下显得整洁而又温馨。

二、开通一部亲情电话。苏老师把所有留守儿童家里和在外打工父母的电话号码打印好，放置在电话机旁，并让孩子们记住学校亲情电话号和自己的手机号并告诉家人。孩子们课余时间、节日前夕、考试前后都可以和家长联系，有事做到及时沟通，还增进了孩子和外地务工父母间的情感交流。

三、落实一名代理家长。有一小部分留守儿童完全由爷爷奶奶监护，爷爷奶奶对孙子的吃住等自然非常操心，但对孙子家庭作业的督促、家庭教育却很薄弱。所以苏老师倡议每位教师都要做一名留守儿童的代理家长，每周督促 2～3 次孩子们的家庭作业，及时了解孩子的思想动向，帮助矫正他们的不良习惯。

四、谈一次心。代理家长每周保证与自己的“留守孩子”谈一次心。了解他们的学习、生活、身体、心情等方面的情况，倾听他们说一说自己的开心事和不愉快，和孩子们真心面对，视情疏导，培养他们健康、阳光、积极、乐观的心态。

五、读一本好书。代理家长和老师指导孩子每学期读一本好书，三年级以上的孩子写一篇读后感，学校分年级段进行读书评奖和读书演讲活动，鼓励他们从小养成良好的读书习惯。

六、写一份亲情书信。每逢一些传统节日或特殊的纪念日，代理家长指导留守儿童给远方的父母或其他亲人写一封亲情书信，锻炼他们书面表达能力的同时，对他们进行感恩教育和尊敬师长的传统美德教育。

七、过一个快乐的生日。各班将留守儿童的生日记入档案，遇到哪个孩子生日，教师发动全班同学给他赠一张生日卡，说一句祝福的话，唱一首生日歌，亲手做一个生日小礼物……通过这些简单易行、温馨祥和的活动，让每位留守儿童都能在班级的怀抱中过一个开心而又有意义的生日。

八、做一件有意义的事。老师，代理家长引导，帮助留守儿童每月为家庭、为学校、为班级，做一件有意义的事，培养他们的集体荣誉感和上进心。

苏老师的“八个一工程”从家庭、学校、班级入手，为留守儿童架起了学习、生活、情感多方面沟通、帮扶的桥梁。“八个一”就像八条小渠，源源不断地向孩子们的心田输送亲人的爱、老师的爱、同伴的爱。

其实这些留守的孩子从小就生活在父亲母亲一方监护或纯粹由爷爷奶奶监护的家庭中，对亲人、师生、朋友的要求非常低，给他一缕阳光，他就看到了整个太阳；给他一滴水，他就看到整片大海。

王佳斌同学自从当上班级管理员后，班里的卫生就没再让班主任操过心，他总是第一个到学校，为同学们开教室门，还帮助值日生把卫生工具摆放得整整齐齐，课前提醒值日生擦黑板。

五年级一班的李浩同学，父母都在外打工，爷爷奶奶对他的学习帮不了啥忙，以前考试语文成绩老是不及格，尤其不爱写作文。在苏老师的“八个一”的感召下，班主任王红祥以代理家长的身份每周为他进行作文辅导，还买了两本小学生优秀作文选赠他阅读。经过一年多的努力，现在的李浩同学写作文每篇都能得个“优秀”，还常常被老师读给全班同学，进行讲评。

四年级一班的许刚刚同学一直生活在单亲家庭，在他三岁的时候，母亲嫌婆家太穷，丢下丈夫和孩子一去不返。刚刚的左手天生残疾，所有的指头都没发育全，只有一个骨节，就像没有枝叶的秃树干。家穷、没有妈妈、手残，加上父亲的情绪化粗暴教育，使年纪小小的他就对周围的人和一切充满了仇恨。他没有礼貌，自己的学习用品用没了，就偷同学的，谁要是嘲笑他的左手，他就骂脏话。

班主任王兴学老师为了帮扶这个孩子，到处打听他妈妈的下落，听说他妈妈回娘家，就劝刚刚的爸爸为了孩子的成长，放下尊严去河对岸丈人家请妻子回家，可是谁也没料到他们家连门都没给开，帮助召回母亲的计划没有结果。

有一天，刚刚感冒请假了，王老师利用品德课召开了一次小班会，亲自向同学们讲了刚刚的不幸，那些嘲笑过刚刚手残的同学都后悔极了，当场保证从此再也不嘲笑刚刚了。王老师准备了一套崭新的学习用品，书包、钢笔、字典……并和同学们达成协议——以全班师生的名义赠给刚刚！

下午放学后，王老师和班干部一同来到了刚刚家。当他们把一书包的东西放在刚刚的炕头，问长问短时，这个一贯调皮捣蛋表面上没一点人情味的男孩子红着脸羞愧地往炕的角角处钻。

后来，在王老师的带动下，班里家庭条件稍好一点的同学都主动把新买的尺子、钢笔、擦子等送给许刚刚同学，宁可自己用旧的。再也没有人拿刚刚的残手作笑料，同桌王朋朋每天都帮刚刚收拾书本，他俩成了亲密的朋友。

2012 年 3 月份是学校的学习雷锋活动月，四年级一班的好人好事层出不穷，许刚刚同学坚持每天放学关好教室的窗子，帮小组长发作业本……6 月的一天下午，快到上课时间了，王兴学老师在办公室收拾教本准备上课，听到有人喊“报告”，开门一看，原来是许刚刚同学，只见他肩上背着书包，右手拎着一个小布包，热得满头大汗。他进门把布包放在桌上，包口摊开了，露出几个又大又黄的杏子。“老师，这是我爸种的杏子，今年结得多，他说你为我操了不少心，让你尝尝。”说完向王老师鞠了个躬，就转身跑了。看着几颗鲜艳的杏子，王老师心中就像杏子一般，又酸又甜……

一滴水能反射出太阳的光辉，
一片叶能描绘出春天的色彩，
我们用真心去倾听，
用真心去温暖，
用真情为身边弱小的生命，
撑起一片爱的绿荫！

第三节　一个校长的期待

在我的办公桌上，有一种杂志总是放在最显眼的位置，以便我能随时翻阅——《现代校长》。杂志中的“专家视线”、“新锐论坛”、“治校谋略”等栏目我都特别喜欢，但其中有一个栏目总让我感到望尘莫及，就是“全国特色学校魅力展示”。

这个栏目是以封面、封底和中间彩页的形式刊登一些省市的特色学校，有学校简介、校长的论文、校长工作照及学校活动照片。别的不说，漂亮的校门、大铜字的校名、很有造型风格的教学楼、塑胶操场，这些都强烈地刺激着我这个农村小学校长的感官。用这几年流行的本山小品语言来说就是：“同样是人，差别咋这么大呢?”

2010年，因我们的另一所保留学校强台小学教学楼被检测为C级危房，市、区教育部门从省上争取了一个项目，为强台小学新建了一幢教学楼，2011年秋季投入使用。可是因为地方财政困难，至今还欠着人家施工队近200万元。每当有校长赴外省培训学习回来，座谈会上总是感慨地说：“哎，咱们甘肃太穷了，和人家没法比!”

尽管我们农村学校因条件远不及城区，造成生源流失极其严重，有的学校甚至面临“关门”的危机；尽管我们还没见过多媒体投影仪的时候，就知道城区学校都已配上了电子白板；尽管我们看到了国家的教育发展纲要对农村教育有很多政策，要落实到我们这里需要漫长的时间；尽管……我的心里还是充满了期待。

我期待相对公平的教育政策。人最大的本钱就是“教育”。“木受绳则直，金受砺则利，玉受琢则器”，一个人尽管天纵英才，资质优异，后天的教育仍然非常重要。教育可以改变气质，增加知识，明白道理，提升人格。

我们身处西北干旱落后的黄土高原，孩子们一落地就是两个字：“穷”和“土”，这一现实他必须无条件地接受。如果没有良好的教育，他的命运不是“面朝黄土背朝天”就是出外进城当“打工仔”，没有知识没有技能，他的低产出必然导致低收入。再加上没文化，没有更广阔的视野，根本无法谈及精神层面的追求。教育造就人才，人才推动社会发展，这是客观的共识性的认识。

近年来，农村教育改革纵向有了很大的提高，九年义务教育的落实也使我们农村学校发生了很大变化，硬件有所改善，但与横向比较还有很大的差别。我们四龙离白银市区也就 20 几公里，可是我们的硬件设施、师资队伍没有一样能和城区相提并论。重视农村教育、促进均衡发展的调子都喊了好几年了，实质上还是流于形式。除了应付国家、省上的“两基”检查，政府和上级教育部门哪来的钱购买玻璃钢的篮球架、几万元的钢琴、几千元的电子琴、手风琴等配给农村小学？我工作了 18 个年头，2011 年“两基”国检头一次见。但这又在情理之中，谁当家都一个样，穷家不好当。甘肃是著名的贫困地区，在财政困难的情况下，首先必须满足人口密集度高的城区。

然而，一味地优先发展城区，也凸显出了很多弊端。农村有条件的家长为了寻求优质教育资源，丢下土地房屋，带着孩子进城，租房子、打零工供孩子在城区学校上学。这样一来，城区学校不断增大班额，甚至扩班，一个班快到七八十人，根本就不利于因材施教。家长供孩子上学的成本投入也无形中加大，涌进城市的农民工越来越多，城市负担增大，人多、车多、楼多，绿地和蓝天越来越少……农村的学校则呈现一派萧条，很多因没有生源而撤并，人去楼空，资源闲置，留下一个看护校舍的“庙官”在门口孤独地守望。

国家在搞新农村建设，有的村只剩下荒芜的土地、破旧的村舍、留守儿童和老人，谁来担当新农村的建设者呢？一个村子的消失，一片区域性文化的陨落，但愿它的深层原因不是教育的不均衡！

所以我的期待是千千万万落后贫穷的农村校长、教师、家长、孩子共同的期待，我不能打丝毫的折扣。也许有一天，区上招考了一批优秀的师范类本科生或者争取了一批电子白板，局长会在会上提议：为了缩小城乡差距，把这批优秀的师资和先进的设备调到农村学校去！

我还期待社会对贫困儿童的共同关注。在一片贫瘠的土地上，一个人种庄稼确实力量有限，但如果这个人坚持了他的希望，没有因为势单力薄而放弃耕作，遇到好年成，也会有些收获。别人看到了他哪怕微薄的收获，也会有可能和他一起并肩携手，耕种他们的希望，一颗、两颗……人多了，力量大了，这片贫瘠的土地就会变成希望的田野。

我从小出生在一个穷家，所以对穷孩子总有一种特殊的情结。这种情结只体现在我在自己的生存空间和教育生涯中很在乎他们，想办法了解他们，给他们一次鼓励、一个微笑、一句问候、一本好书、一个书包、一套校服……做过的事情都极其微小，但就是这些微不足道的小事情，像一只萤火虫一样，点燃了片片星光。

2001 年秋，我在白银区教研室王武桢主任的引荐下，认识了白银市国学研究会会长张乾东先生。张会长小我一岁，年纪轻轻辞去了工作，在他父亲的支持下，致力于传统国学经典研究，在全国各地游历讲学，将讲学的报酬捐助给山区、农村的贫困儿童。他还多渠道筹措资金，在白银金鱼公园筹建了孔子学院。2006 年，张会长为金山中心小学捐赠《三字经》、《弟子规》等国学经典 300 多册，2010 年，国学会委托退休的王武桢先生为金山小学送来了 280 件童装。2008 年，白银市国学会会员、四龙镇土地所所长秦继民先生（网名积木）义务为全镇七所小学进行了环境保护、爱护地球等知识讲座。2009 年资源整合后，他又为两所保留学校分别捐赠了 500 多册图书。

市国学会的一位没有留名的广东佛山的赞助商人为金山小学的四名贫困儿童李彦颖、李房瑾、王佳瑞、王佳文每人每月给予 100 元的生活费赞助，直至小学毕业。

2012 年 9 月，我的丈夫听我讲了一些特困儿童的家境后，以三木先生的化名为强台小学的两名特困生王玲玲、杨荣荣捐赠 400 多元的学习用品，他说：“做这样的事情自己真正感到快乐，少抽点烟，少买件衣服，要捐助到孩子初中毕业……”

这些善举和爱心帮助了很多家乡的贫困儿童，也为一些特困儿童带来了求学成才的希望，我打心底里感谢这些好人。然而在贫穷落后的这一方偌大的夜空中，这几颗星显得那么稀少。很多人成天纸醉金迷、挥金如土，奢侈到了非人的境界，也从来看不到生活底层的穷孩子，看不到那一双双迷茫无助的眼睛。

善良的人们，请不要让那双眼睛中的迷茫无助几年后变成愤怒和仇视。我仍期待中国人道德、良知的回归——贫穷，并不可怕，可怕的是你放下了尊严；有钱，并不可耻，可耻的是你丧失了良知。

“只要人人都献出一点爱，世界将变成美好的人间。”无数颗萤火虫的亮光闪烁在一起，山里孩子的梦想就会被点燃……

跋

完稿的那夜，已是凌晨三点了，我熄了灯躺在床上，怎么也睡不着。

是啊，我不是作家，我对自己写的东西确实没有把握，件件都是稀松平常之事，不容易引起读者的兴趣，在印数问题上，也许都会让出版社和姜静女士作难的。现今，国人读者都喜欢“吃快餐”式的读书，电视和网络占领了绝大多数人的视力范围，谁会静下心来，安安静静地捧着一本厚厚的小说读下去？我好担心。

写这部书稿都是我利用工作之余的时间，慢慢地回想，一点一滴地整理而成，前后历时八个月。这中间，姜静女士多次打电话关注稿子的进展和我的工作生活，她鼓励我的每一句话，都清晰地萦绕在耳边。想起了2011年的北京之行，想起了博学健谈的饶及人先生、沉静平和的付敬先生、美丽开朗的陆宇晖女士……我的心又从担心变得明朗起来。不管书的销量如何，我用一颗农村教师的真心诉说了，哪怕有一个人用心读过，也很知足。

感谢北京，感谢和我、和贫困山区教育有缘的人们。

2012年冬于四龙

编后记

2011年夏天，我应邀参加了“中国贫困山区优秀校长国际领导力奖学金项目”的结业典礼。这个由美国龙安集团行政总裁饶及人先生和《中国日报》资深记者付敬先生联合发起的项目已顺利运行三年。该项目甄选我国贫困山区有发展潜力和有责任心的中小学校长，通过短期培训与长期培养相结合的方式，帮助和培训了十余个省份的近50名贫困山区校长；同期开展的留学生支教项目，吸引了20余名志愿者，惠及三所贫困学校的280余名学生。

结业典礼上，我结识了本书作者苏维华女士——一位来自甘肃贫困地区的小学校长。“予人玫瑰，手有余香”这是她在结业典礼上的开场白，也是她作为一个教育工作者，对教育的诠释。她的朴实、真诚和才华吸引了我和超越公司的陆宇晖女士。交谈后，我萌生了一个念头——也许应该让更多的人了解代表了贫困地区教育工作者的苏校长，了解她所在的小学对留守儿童和单亲家庭儿童的教育探索……这便是本书出版的初衷。

本书没有华丽的辞藻，没有渲染的情节。从容的笔触下为您呈现的是一个贫困地区教育工作者的坎坷经历，一颗为贫困地区学生无私奉献的火热真心，一份对更多社会关注的期待。

希望本书的出版，能唤起更多人对贫困学校的关注；希望多一些公益行动，多一些像苏校长这样用心做教育的教育工作者，多一些像饶及人先生和陆宇晖女士这样默默无闻地投身公益事业的企业家，多一些像付敬先生那样做良心事业的媒体人，多一些远赴贫困地区支教的志愿者……

相信我们社会的各个角落将逐渐注入更多的正能量，给贫困地区的孩子们带去新的希望，实现每个人心中的梦想。

编　者
2012 年岁末